"凡间之事，美中不足，好事多磨，乐极悲生，人非物换，到头一梦，万境归空，你还去吗？"

顽石曰："我要去。"

——《红楼梦》

爱情里，出场顺序很重要。一个人可能把爱给了你，却把余生给了别人。

不要和穷人谈恋爱，这个穷不是
经济的穷，是心理的穷。

能够得到幸福婚姻的女人，并不只是靠运气，而是她们在年轻的时候就懂得培养自己只喜欢好男人的本领。

人间正是因为有喜怒哀乐，欲望不能完全满足，
你爱的人一点儿都不听使唤，才好玩。

多少黑名单曾互道晚安

风荛子——— 著

时代文艺出版社

图书在版编目（CIP）数据

多少黑名单　曾互道晚安 / 风荛子著. -- 长春：
时代文艺出版社, 2018.1
ISBN 978-7-5387-5589-3

Ⅰ.①多… Ⅱ.①风… Ⅲ.①散文集－中国－当代
Ⅳ.①I267

中国版本图书馆CIP数据核字（2017）第282360号

出 品 人　陈　琛
产品总监　郭力家
责任编辑　郜玉乐
项目策划　紫图图书 ZITO®
监　　制　黄　利　万　夏
特约编辑　马　松　申蕾蕾　李　圆　常晓光
插　　图　©成都麓湖
装帧设计　紫图图书 ZITO®

多少黑名单 曾互道晚安

风荛子 / 著

出版发行 / 时代文艺出版社
地址 / 长春市泰来街1825号　时代文艺出版社　邮编 / 130011
总编办 / 0431-86012927　发行部 / 0431-86012957　北京开发部 / 010-63108163
官方微博 / weibo.com/tlapress　天猫旗舰店 / sdwycbsgf.tmall.com
印刷 / 艺堂印刷（天津）有限公司
开本 / 880毫米×1270毫米　1 / 32　字数 / 130千字　印张 / 9.5
版次 / 2018年1月第1版　印次 / 2018年1月第1次印刷　定价 / 49.90元

目录
Contents

part *1*
成年人是不会轻易为谁流泪的

part *2*

通往幸福的路，五花八门

part*3*

永远不要去考验人性

Part ◇ 1

成年人是不会轻易
为谁流泪的

我为什么喜欢三观不正的人

只要不犯法，所有的三观都是好三观；

正因为大家的花式缺陷，才有了我们笔下花里胡哨的全世界。

我为什么喜欢三观不正的人？

因为我是一个"作家"。作家如果天天遇到的人三观都严重一致，就没东西可写啦。所以在作家眼里没有三观"正"和"不正"，只有为啥他是这样想，这样做；别人为啥是那样想，那样做。原因和结果是什么，表现出来的细节是什么，遇到不同的对手会有什么样的戏剧性。

我特别喜欢听那些看起来很不正经的人聊天。我以前有个同事被大家认为三观不正，但我膜拜他语出惊人。有一次吃饭，大家谈到了一个我现在已经忘记的话题，他忽然总结说:"上不上床全看对方颜值。"我们表示茫然。他解释:男人和女人上床,其实就是为了那张脸,漂亮的就愿意上,胸和屁股再美也敌不过脸漂亮。

深度总结:在男人心目中女人身体都一样,只是他们自己不知道而已。

这个问题我私下琢磨了很久,最后我认为他说的是对的。无敌美胸和精湛的技艺,都是锦上添花;什么孝敬父母、性格合拍,也只能决定后面能不能继续交往。最初决定男人思维的,就是脸。

后来看一档相亲节目,完全印证了这个观点。那个相亲节目是一个男人对三个女人,男人先讲自己的要求。几个男嘉宾都是要求女方性格好、善良、理解他人、喜欢小朋友、对父母尊敬,等等。女主们出场后,VCR 放完,颜值最高的女嘉宾被领走了。又来了一个男嘉宾,差不多也是这些要求,最漂亮的女嘉宾又被领走了……坐在屏幕后面的我和妹妹看得哈哈大笑。就像如果有人来采访我想找一个什么样的伴侣,我也会说,顾家、尊重女性、喜欢小朋友、会半夜起来给孩子冲奶粉、对待我父母如同对待自己父母……然后来到我面前一个原单版金城武,前面那些要求全部抛之脑后,这个人就是我的 Mr.Right。

前年江西电视台找我去做节目。先讲一个真实案例,然后下面的情感专家一一发言。编导会在前两天把案例梗概发到每个嘉宾手上。我收到的案例是一个男人因为上床后发现女友不是处女而酿发血案。我急坏了，怎么办怎么办，这么脑残的事情叫我怎么评论？我马上打电话给鬼马同事。他说："有处女情结的男人都是不自信的男人，怕女人将自己与前任对比，人家威廉王子结婚时还邀请了凯特的前男友呢。"核心找到了，我又自己加了点什么"真爱就是不仅是爱她的过往，还要珍惜她的未来"等等，回答得好圆满，女同胞们都好喜欢。

除了这个被众人鄙夷的脑洞同事，我还和很多"三观不正"的人打成一片。我认识一个老大爷特别有意思，一辈子情人无数，七十多岁还在包养情人。我说你嫖娼吗，他说没嫖过，从年轻就有钱，一直喜欢干净的。我说除了干净还喜欢什么，他说还要温顺，不能有思想，男人说什么她们都觉得男人特别棒，就行啦。每次聊天都把我笑得肚子疼。后来我思索他为什么能成功，就是因为他一生匮乏认可。匮乏，是人性的黑洞，玩儿命把你往里头抽。他一生都在证明自己，从事业，到感情，到性。小姑娘匮乏钱，老头子匮乏认可，于是那些真无知的小姑娘以及其实很聪明假装无知的小姑娘，就和他鬼混到一块儿去了。

这老大爷最不喜欢有见识的人，因为别人有见识，他就不容易当主角，说什么也不容易把人惊到。

老大爷还不喜欢参加同龄人的饭局，每次参加校友聚会，不是听说这个得癌症了就是那个已经死了，他听得心里凄惶。

他让我发现不管一个人多么好玩、多么可憎、多么自私、多么扯淡，其实都有可怜的一面。

我有一个导演朋友也属于别人嘴里"三观不正"者。他光谈恋爱，不结婚，如果搞了一夜情他就说"我谈了一晚上恋爱"。家人都快急死了，他说："像我这样的人，和谁结婚都是祸害人家。"我说："你找个和你一样放浪不羁的相互祸害呗。"他说："不行，只能我祸害人家，不能人家祸害我。"我笑他："装什么好人，你就是自己道德底线比较低，怕人家一结婚了道德底线就变高，拴着你罢了。"再后来他就改变了说辞："我这样的天才，结婚就意味着结束了艺术生涯。艺术家的苦，是全人类的幸，所以我必须保持我的自由和放荡，我那心灵无处皈依的苦我都自己扛。"

多么振振有词！我已拜倒。

我的读者也是五花八门。每次我遇到奇怪的三观，我都会仔细去想为什么。比如半年前我发朋友圈说我要找个助理，我天天忙得零件都要散架了。一个读者说："风总这样公开地讲不怕掉粉吗？"

我："嗯？"

她："你会让读者觉得你不重视她们了，开始耍大牌了，都有助理了。"

我：……

可能有一部分读者是这样的，追随我从两年前穷光蛋一枚、阅读量一千的时候起来的，他们发自内心觉得我们是齐头并进的朋友，不允许我忘本。可是老天爷啊，我的精力不应该腾出来写字吗，每天广告要对接，售后要处理，信箱一大堆求助，我还要找题材、想细节，每天看几千条留言，我一个人搞得过来吗？但是我什么都没有说。这些话统统都可以称为"耍大牌"，我只能默默地……把她拉黑了。

还有一次我写故事，因为故事都很短，我不喜欢用很多名字把大家绕晕了，能省掉的就直接省成谁谁老婆谁谁老公。其中写一个五十多岁的老头的老婆，由于她只出场一次，不需要名字，我就说谁谁老婆进来看了一眼，出去了，此老太太脸色开始不好看了。有好几个读者说："五十多岁的女人能叫老太太吗？我们五十多岁活得风华正茂！取关！"我深刻地检讨了一下，再有十六年我也五十岁了，我高兴人家叫我老太太吗？绝对不高兴。这严重说明一个问题，每个人都有自己的尾巴，不小心会被别人踩到，被踩到就会发火。一个人在何处发火，何处就是他的尾巴，他的玻璃心都源于害怕。比如那些看到我写大婆原谅小三儿而叫骂的，看到我写小三儿可怜而叫骂的，看到我写小三儿下场凄凉而叫骂的，看到我用"大婆"称呼原配认为这是个贬义词叫骂的……你一看就知道她的身份，是大婆还是小三，是图钱还是图感情，一看就知道她的尾巴在哪儿。我也有尾巴，也是我最在意的地方，比如别人说"祝你永远赚不到钱"也会把我气晕。我最粗最长最硬的一根尾巴是，读者说"写的什么玩意儿"，我马上就会跳起来跟人对骂。我说，我的观点是什么，这才是真理；对方说，全世界都是这个观点，你就是在博流量。我又说，全世界都在讴歌高尚，小说还要不要写；对方说，世界上有太多低级趣味就是因为你们这些人……这种骂战很快就会上升到生殖器的口头攻击，我太没素质了，太没有涵养了，生殖器的口头攻击既不挣钱又不能让人爽，纯属浪费时间。作家要海纳百川，作家要临危不乱，作家要百家争鸣，作家要百花齐放多娇艳。作家要原谅全世界，不要三观也绝不与人争辩三观，做到死不要脸。

木子美老师就说过，"什么三观不同，说白了就是人格缺陷不同"，非常同意。我也认真认为，每个人非要证明自己正确性的地方都是他自己的痛点。本"作家"认为，只要不犯法，所有的三观都是好三观；正因为大家的花式缺陷，才有了我们笔下花里胡哨的全世界。

有一种女人没有多巴胺会死的

一个老人在临死时拉过他妻子的手说，
年轻的时候，我有钱并放荡。
但是别人告诫我，一定要放弃这样的生活，要买一个庄园，
要结婚生子，这样等我临死时才会有人给我端一杯水喝。
可是直到现在我才知道，原来我临死的时候并不渴。

我想跟大家讲一个听来的故事，一个有点冷的故事。

从前有一个女孩儿，性格很放得开。

其实我一直觉得，女孩儿要相信靠自己生活，灵魂都是安宁的。

但她的亲朋好友却觉得：这么好的姑娘——漂亮，高学历，高收入，怎么就不好好找个老公结婚生娃呢？

朋友跟女主说，你必须得结婚生娃，这样你老了，才生有可恋。

女主尝试着，与普世的价值观中和她匹配的男主交往。

但是她觉得很不快乐。

有一天她发现男主跟其他人有暧昧短信。男主指天发誓自己的清白，并且赋予她"神经病"的称号。

她觉得很不爽很不爽。所有关于他可能劈腿的愤怒都不及这个称谓更令她抓狂。还没有进入围城就被人捏住脖子失去话语权，"怨妇"这个词像幽灵一样伸出利爪掐住了她。

朋友又跟她说，生活就是忍和熬啊。

她就不明白了，那么为什么要听鸡汤话，含泪成熟啊，忍让啊，包容啊。有一种女人没有多巴胺会死的。她们就是喜欢被人捧在手心里的感觉。你不捧，有别人捧啊。一个人捧厌了，可以换个人捧啊。

只要不危害社会，所有的生活方式不都是正常的吗？

别人都跟她讲道理。讲一个女人不能三十岁了还躺在幼稚的摇床上不肯长大。说她太有攻击性，以自我为中心，过度盘剥。

可是女人在感情中的成熟，获利的是别人又不是自己，当她不需要从对手那里索取的时候，她不知道自己凭什么要做出痛苦的改变。

其实，女主这样聪明，知道男主要的是什么。如果她肯妥协，将会得到一段被世人祝福的婚姻。

男人都喜欢被崇拜，喜欢女人仰视，喜欢女人在外面给他面子，喜欢女人明知他不对，也不会和他争，喜欢保护弱小，但这弱小又不能缠人，女人要表现得楚楚又动人。哪个女人心里没有长长的清单，知道男人的喜好？只是愿不愿意去做罢了。

男主也知道女主想要什么。要体贴要温柔，要低姿态，要耐心，要永远把她当成一个天真无邪的小女孩儿来爱，而不是赋予她太多社会角色。

这些很简单的事，他们懒得去做。

又没有太多交流的欲望。

那还勉强在一起干吗？

可是现实社会不允许她任性。所有"为她好"的人都在耳边唠叨。大家认为她想过充满激情的一生也太可笑了。她就这样，被推搡着，跌进现实的大河。

结婚后她发现，老公确实是和她最初怀疑的那个人有一腿，而且一直保持着这种关系。

他们很快离婚了，因为彼此完全无法容忍。

她说，一个人可以忍另一个人，可能真的是能够从他身上得到实惠的。

钱是实惠，喜欢是实惠，安全感是实惠，为了显得自己是一个正常人，也是一种实惠。

女主不需要这一切。不需要钱，名声，不需要再为父母安心而活。她从任何男人那里索取的东西，都不及膨胀自我来得更爽更欢乐。

她离婚以后过得悠然自得。现在她四十多岁了，一直单身，同龄人带着孩子各种焦头烂额的培优，她报班提升自己熟练掌握了三国语言。她会和闺密分享美食华服，也分享各种情趣用品的感受。她有一个情人，但是拒绝同居。

她终生不想要孩子。

最值得感动的是，她从来没有因为自己的选择而去推崇这种生活方式，从来没有用言语去打压和轻蔑别人的生活方式以获取胜利。她只是接纳和承认自己的不一样，并且毫不吝啬她的快乐。

今天分享她喜欢的一个笑话："一个老人在临死时拉过他妻子的手说，年轻的时候，我有钱并放荡。但是别人告诫我，一定要放弃这样的生活，要买一个庄园，要结婚生子，这样等我临死时才会有人给我端一杯水喝。可是直到现在我才知道，原来我临死的时候并不渴。"

无论如何我爱你，晚安

母爱既要丰满浩瀚，又要克制本能；
既要引领新的生命到更广阔的世界里去，
又不能三观凌驾于孩子。

我女儿五岁半，她四岁的时候就告诉我她喜欢班里一个男生，文艺汇演的时候她兴高采烈地指给我看。我一瞧，个头不高，小猴子似的上蹿下跳。我撇撇嘴，跟大雄说，这男孩儿和我想象中的小白马驹相差太远。

大雄叫我不要参与小孩儿的事情。我怎么能不参与呢，我生孩子不就是为了参与她特别有意思的成长吗？而且探索她、观察她，是很有乐趣的事。她七个月时我抱她回老家，在墙角发现一只癞蛤蟆，有脸那么大，好恐怖的。我抱着我娃，坚强地走过去说："你看，多美啊。"我娃把身子一扭，不看。真神奇，七个月的娃就知道美和丑。

后来长大一点儿上幼儿园，我发现班上的厕所是不分男女的。我惊讶极了，问我娃，你们班男生上厕所的时候女生能看到吗？她说能。我说那你发现男生和女生有什么不一样吗。她不以为然地说男生有小揪揪，站着尿尿。我说会有小朋友好奇地去看吗，她斜眼看了我一眼。

娃比我想象中成熟得多。有时候我在家里看电影，男女主马上要接吻了，我就赶紧喊，大雄，快给娃弄走，激情戏开始了！我娃偏不走，我只好让她看。看完了她认真地告诉我，嘴是不能随便给别人亲的，会传染疾病，而且不卫生。我娃真有意思。

现在她谈恋爱了，谈了一年多，我也没怎么问她。昨天她回来忽然受伤了，喉咙正中心被戳破，没流血，皮破了，位置正中要害。而且我看到她脸上还挂着眼泪。

孩子放学是我们家小保姆接的，小保姆说："你告诉你妈妈吧，到底怎么回事？"

娃就开始说，她今天拼音没写完，和另两个男生一起被留堂，其中就有那个她的小白马驹。不知道为什么那俩人打了起来，她就去帮小马驹打架，拿铅笔戳对方。据她所说只是想吓吓他，根本没戳到，但对方可不客气，一笔封喉，给她整哭了。完事儿之后两个男生反而和好，他俩飞快地把作业写完跑了。可怜我五岁半的娃，在教室里把自己的本子全部撕掉，拖了一个小时，才重新建立自尊和自信，把拼音写完。

我气得吐血。

"你知道你喜欢的男生在我们大人里面叫什么吗？叫渣男！"

她居然听懂了，她说："不……我是自愿的……"

我继续吐血。

"你为他打架，受伤了他都不管你，算什么男子汉？凭什么能得到你的喜欢？你的喜欢应该很珍贵，你又漂亮，你妈又有钱，你爹又能干，你可以找到更好的男朋友。"我很认真地、很不可思议地，变成了自己最讨厌的市井丈母娘。

我们家小保姆笑得打滚。

孩子还是倔，她说："他的字写得最好，他的舞也跳得最好。"

"那是因为你没见识，你们班现在就那二十来个人，你才见过几个男生？等你长大了，去看看更广阔的世界，你就会知道值得喜欢的人多得很！"

孩子也很生气，但她不说话了。她不说话是因为她懒得和我说。这是更令人激愤的傲慢。我平静了一下，用尽可能温柔的语调转移对她的指责："我不管你喜欢谁，但是请你向妈妈保证，以后再也不要让自己受到伤害了。好吗？妈妈看到你受伤很心痛。"

多么暖心的话啊，多么有电影感啊！但是她说："我受伤为什么你心痛。""你"字重音，拖长。

我"泣血身亡"……

等我挣扎过来，就把全家人叫来，好好给她开了一堂"批判大会"。

第一，今天你犯错的根源是，不应该参与其他小朋友打架，应该先埋头把自己的作业写完。你落后了、你挨打别人才会笑话，捧高踩低是人的本性。（说这些真是太残忍了。）

第二，每个人都要学会自我保护，你保护不好你自己，那你不就是个累赘吗？还会有谁喜欢你呢？（我内疚于我稍微有点儿强词夺理。）

第三，你也发现他对你不好，你才委屈，才撕作业本，这代表你想和他决裂，那你回来还嘴硬什么？（毫不留情地撕开真相让我也很心痛啊。）你要接受你自己有可能"无论怎么表现，都不会被某些人喜欢"，才能变成一个坚强的小孩儿，将来才能面对一年级。

孩子对一年级很恐惧，源于我们邻居小孩儿上一年级了。我娃问她读小学啥感受，她幽怨地说："唉……能不上就别上吧。"

孩子好可怜，我想替她哭。

……

接着我又咬牙表扬了我娃拼音写得好，有进步，夸她最终还是战胜了情绪，把作业写完了。孩子在我的安抚下终于平静下来。

晚上睡觉我娃抱着我，我也抱着她，我俩百感交集。我心想她以后的路那么长，她要是非要去喜欢不喜欢她的人，我是出手阻止呢，还是任她去摔打呢；还有我怎么管得住自己不去对她的每一件小事都指手画脚呢。而她在思考为什么她看中的小白马驹不负责任。最后她得出结论因为他不懂事，她以后不会再喜欢一个不懂事的男孩子了。

我可算长嘘了一口气："希望你能说到做到，不要和自己赌气。"

然后她想了想，突然问我："妈妈，为什么我受伤你会难过？"

"因为我爱你，就像你爱我。别人伤害妈妈的时候你也会难过的对不对？所以妈妈也要尽量不被人伤害，或者在伤害中变得更强大，有力量保护好自己爱的人。"

孩子凑过来，把脸贴在我脸上，又暖又滑。她在我脸上停留了一会儿，高兴地说："睡觉吧！"

挺感动。不管这次我教育得对错，我们终于都放下了。可前路漫漫，我得做好打一场硬仗的准备。我这个妈妈做得很烂，育儿书籍看了等身之高，仍然在关键时刻大吼大叫，也仍然把握不了"我这是为你好"而插手的深浅。冰临神下的《死人经》里说："因恶而插手和因善而插手又有什么区别？都是为了满足你的一己私欲，炫耀自己摆布世人的能力。"其实我觉得这句话非常有道理，但要照本宣科难道就放手任其胡来吗？母爱既要丰满浩瀚，又要克制本能；既要引领新的生命到更广阔的世界里去，又不能三观凌驾于孩子。当妈多难，比哇哇叫写个稿子难一万倍。随着她长大问题会越来越多，我只能尽量去做好。

此生成为母女，我并不知道算不算我娃的幸事，只求一生互相担待，在每一个过节儿的晚上还能彼此亲亲；面对粗粝的世界，真诚地说一声："无论如何我爱你，晚安。"

你心里有钩子，
别人才能往上挂东西

爱是一种鲁莽的状态，
可能因性欲而起，也可能没有任何目的。

门罗的小说《忘情》很动人，故事冗长只截取一段来说：一个女图书管理员收到一封信，是一个饱含深情的小伙子写的，他在参加战事。他说他参军之前经常在图书馆看书，其实也不全是为了看书，主要是暗恋她。

他们开始通信，非常细腻。从出生、成长，聊到对文学的看法。女主给他回的信里，有一段话打动了我。她说："我最喜欢的作家是托马斯·哈代。有人批评他的作品太灰暗，但我觉得很忠于现实生活。"

在看到这句话之前，我是把它当小说看的，这句话让我把感情投射进去了。门罗越往后写，他们的感情越发令人着迷。

男孩儿在信里说："有一天我去图书馆，是个星期六的下午，正巧看到你打开门锁，一盏一盏地开灯。那时天色很暗，外面还下着雨。你没戴帽子，也没带伞，头发淋湿了。你取下发夹，松开了头发。你走到取暖器前停住脚步，甩了甩头发，水滴溅落在上面，发出'吱吱'声，就像平底锅上的油脂。我坐在一边，读着伦敦《新闻画报》上有关大战的文章。我们相视一笑。"

对于女主来说，他们从来没有见过面，但信已经成为她生活的全部慰藉。他们满足了彼此纯粹的被爱的渴望，又获得了灵魂上相互抵达的欢喜。

他向她描述前线上的事情，说他并不指望回家。比起死亡，他更害怕变成伤兵。她能想象到的是残肢、失明者、不成人形的烧伤者。他就这样把最脆弱的、最真实的地方袒露给她，她温柔地接纳。他们爱得非常激烈，就像明天会死去一样。

战争结束后，她每天都在盼望来信，但是没有。她在报纸上阵亡者的名单里找他，也没有。在流感肆虐、街上店铺几乎全部关闭的时候，她决定继续开着书店等他。几乎每天上班，她都觉得他可能来了，正倚墙等她；遇到客人目光在她脸上流连，她觉得那可能是他；每次门被推响，她都害怕是他，所以鼓励自己数到十再抬头，以免给真正的他留下惊慌失措的一张脸。

哪怕生病，她也坚持去给书店开门，她冒着生命危险等他，就像他冒着生命危险在战壕里给她写信。

在一个炎热的午后，女主在报纸上读到他的婚讯。

在这之前的几天，她曾在书店的办公桌上收到他的字条。他说："我参军之前就已经订婚了。"他没有写称谓，也没有署名。那一天他待在书店里，他们共处一室，她一直在忙着整理图书，他也不曾站到她面前，以及介绍自己。

"男人都是这么刻薄吗？"女主发问。朋友说："他并不指望能平安回来，回来后未婚妻等着他，他还能怎样呢？"

一句"还能怎样"道尽辛酸。

我们的爱情，可能在遇到深爱的那个人之前，就已经命中注定了那个相守一生的人……爱情里，出场顺序很重要。一个人可能把爱给了你，却把余生给了别人，能给你的只有内心的那份默默的爱……

我们要相信真挚的感情，容许一个人在极端中和在现实生活中做出不同的选择，并且尊重他的选择。

爱可以在现实中百无一用，也可以是精神的全部。就算它不曾带来实质性的好处，我们也应该感谢它曾让我们的生活充满希望和动力。

我们都会在关键时刻放弃一些人，有些值得解释，有些无法解释。但这不妨碍曾经的身体力行留下的美好回忆。爱是一种鲁莽的状态，可能因性欲而起，也可能没有任何目的。

心理学有句话说:"你心里有钩子，别人才能往上挂东西。"你恨过自己心里的钩子吗？还是爱护你的钩子吧，爱护那个天真勇敢的自己，那个时候你有企盼、有信念，会手足无措，会慌不择路。

如果有可能，我也想开一间书店，写一写信，告诉你阳光很好，我剪了短发，新买的手机套毛茸茸的，当洒水车轰隆隆地从门前过去，因为我正在给你写信，所以我心里有硕大的甜蜜。

恨只恨我们相识得太早，
重逢得太迟

那棵树长得很高，当年的誓言分在两边，
一边是：就这样，一辈子。
另一边是：爱你，离开你。
刻'不'字的地方长出了一根树枝，枝头开着红花。

2005年我刚上班，在汉口的粤汉码头租了一间旧房子。单间，每个月二百元钱，五六户人共用厨房和卫生间。厨房有一个大水池，伸出来六个水龙头，每个水龙头上面一个水表，每个水龙头都带锁。

我觉得每次用水都要拿钥匙真是麻烦，就叫人换成了普通的水龙头。结果一个月下来，水费翻倍，不得不相信，任何事物存在都是有它的道理的。

我坚持着没有把旧水龙头换上去，而是动了心思开始重新找房子。

有天忽然发现又一个带锁的水龙头也换掉了，心里生出点暖意。我第一次顺着黝黑的管道去看标记的房号，记住了角落里的那个破门。

　　一天晚上下班，看到一个姑娘，瘦瘦的，抱着一些报纸杂志回来，拿钥匙去开那扇门。门忽然从里面打开，姑娘又惊又喜："你吓死我了！"男孩子一句话没说，把她搂进去，用脚把门关上。

　　里面传出一些细语，暖洋洋的。

　　公用卫生间总是堵，六户人家里有一个老太婆主事，每次找人疏通前，都要挨家挨户收五元钱。只有我和那个姑娘不吭气，她来收，我们就沉默交钱。可是收到别户人家，走廊里总是溅起碎语："我们已经几天没回来了。""又不是我们堵上的。"逐渐演变成一团嘈杂，我和姑娘打开门对视一眼，无奈地笑。

　　一个清晨，在楼下的早餐摊碰上了，姑娘说："我叫许静，你呢？"

　　"我叫穷疯子。"我说。

　　她瞪大亮晶晶的眼睛看着我。

　　我大笑。"我曾经是文学爱好者，一直想取个别人都不认识的笔名。"我用手指蘸着豆浆，写"茕"字给她看。

　　"音不好，意也不好。"她说。

　　"我真名叫李丽，可是我既不讲理，也不美丽啊。"

她竟然认同地笑了。

一个月后，我和许静在一个有模有样的小区合租了一套两室一厅的房子。她男朋友姓朱，她叫他小猪。小猪帮她搬家也就算了，还帮我搬，一副"只要是你认识的人我全部献殷勤"的样子。40℃高温的大武汉，我和许静在卧室吹空调，看电视剧，小猪在厨房做饭。菜端进来，他整个人像是刚从水里捞出来。因为只有许静的卧室有空调，所以只能在这里吃，吃完房间里全是菜味儿。小猪跟房东打电话想让他加台空调，这样一是显得公平，再者我们在一个空调房里吃完了，可以让它跑一会儿气儿，大家一起在另一间空调房待一下。房东提出那就提高房租。还有一个办法是我们自己凑钱买一台二手空调。小猪咬咬牙："要不然我去借钱。有空调的房间给许静睡，也对不起穷疯子。"

小猪还在读研，每个月做课题能从导师那儿领到一千多块钱的生活费。许静是个小文员，一个月不到两千块的工资。这次一下子交半年的房租，已经把小情侣俩榨干了。我说算了算了，我自己去买空调。

小猪每个周末才来，所以平时我和许静腻在一起。我拷贝了些教程，我俩在家里练瑜伽。不知道怎么调的，视频一个接一个自动播放。有一次放完了瑜伽，忽然开始放A片，我连滚带爬地扑过去关电脑。

　　"那是什么？"许静问。

　　"嘻嘻。"我说。

　　"快给我看看！"她竟然要求。

　　"你没见过啊？"

　　她说没见过。

　　我以为她说从来没看过A片，没想到她补充："我从来没有见过男人裸体。"

　　"你们不是同居了吗？"

　　"可是……每次那个的时候，我都是闭着眼睛的。"

　　我笑得差点从床上掉下来。

　　我们的关系就这样莫名其妙地越来越好。那一年，我二十三岁，她二十二岁。我们都喜欢看书，杂志也算。我们喜欢把美好的句子抄在一个软皮笔记本上，还在旁边写感想。

　　有一次许静说她有个同事请吃饭，问我去不去。反正我也没什么事，就跟着去混时间。吃完饭我和许静受邀去那个同事家里玩，其金碧辉煌令我们震惊。送我们出小区的时候，她拿了一件衣服去干洗店，跟店员交代："洗的时候把扣子包好。"

我和许静坐上公交车，夕阳在她好看的胳膊上摇啊摇。她叹了一声："有时候会不会觉得，自己活得还不如别人的扣子？"

论长相，她俩应该在同一档次。但是人家，就是嫁得好。

她说，小猪读完研还要读博，博士毕业就二十八岁了，再在社会上挣扎几年，三十岁时他们肯定买不起房子。

她说，小猪家庭条件不好，她家庭条件也不好，别人都可以啃老，他俩还要帮衬家里。

小猪的爸爸还患有绝症。

许静的父母催她趁着二十五岁之前赶紧找个条件好的男人。父母好像并没有什么错，但是许静并不开心。

因为一旦有欲求，想交换，人就立刻低了下去。

2006 年秋天，我要换工作到武昌，不得不搬家。许静重新找了个人合租。我换了 QQ 号，联系越来越少。

我生女儿那一年，有次无意中登录以前的 QQ 号，看到许静问我，怀孕怎么这么难啊？

原来她历经很多次相亲，最后嫁给了一个"经济适用男"。论物质条件，比小猪要好，对方父母都是武汉人，家里有很大的房子等着拆迁。但是要说特别深的感情，好像也没有。她说她每天都在各种医院中辗转，治疗不孕。

最让她崩溃的是婆婆完全是个事儿妈，她来大姨妈的时候，老公给她倒一杯糖水，婆婆都会呵斥："她又不是没长手！"如果她全心全意伺候老公，婆婆倒是眉开眼笑的。

她觉得日子已经快过不下去了。

大概半年后，许静终于怀孕。她说，哎呀，全世界都明亮了啊。

去年夏天，我和几个朋友去 KTV，我喝得有点多，在卫生间洗手，忽然听到有人大叫一声："穷疯子！"

已经很多很多年没有人这样叫过了。我回头，看到小猪。

他长胖了一点点，欢喜地看着我，好像有无穷无尽的话要对我说。

"真的是你。"他说，"我结婚了，孩子一岁，老婆是我同学。"

十年来，发生了太多事情，他父亲已经去世了。

小猪给我看他的全家福。老婆很漂亮，不输许静。正好我手机里也有许静给我发的全家福，她儿子两岁。我喝多了，想都没想就扒出来给他看。

小猪说："孩子长得像她……这男人不如我，你觉得呢？"

我说："那是。"

小猪把我手机拿过去，强行拍下许静的微信号，跑了。

大概过了半小时，我接到许静的电话。她说小猪加她，说自己喝大了，已经说不清楚是在哪家 KTV，只是说碰到了我。她胆怯地问我："你在哪儿？"

那胆怯是对来和不来的不确定，对现实生活的恐惧，对旧情的忐忑和未知。

不一会儿，许静在 KTV 门口停车，然后一脸凝重地走过来，用冷漠的盔甲包裹着自己，死死盯住我和小猪。小猪喝得那么多，都已经快站不起来了，但是还是很有礼貌地问："许静，你过得好吗？"然后说："许静，我对不起你。"

看他要往地上软，许静伸手去拉他，口气生硬："你没有什么对不起我的，我们谁也没有对不起谁。"

小猪说："是我对不起你，我穷，我固执，我每次和你吵架，都不主动道歉，都是我的错。"

两个人抱在一起，一个号啕大哭，一个无声泪流。最后许静狠心推开他，要回家。走之前当着我的面，把小猪的微信号拉黑了。

小猪蹲在地上，盯着她的车消失在深夜的马路上。他说，从来都不知道爱一个人，心里可以痛成这样，痛到她是他心上被剜走的一团肉。

而许静也哭着发微信给我："恨只恨我们相识得太早，重逢得太迟了。"

夜里许静给我打了两个小时的电话，是在自家楼下，她迟迟不肯回家。她说如果早一点儿遇到小猪，就是在她拼命怀孕却怀不上的时候，那时候小猪还没有结婚，她一定会向他飞奔而去。可是现在，她要对孩子负起责任。而且，她确实没有勇气破坏别人的家庭以及给人当后妈。

电话里，她不停地拍蚊子拍得啪啪响。

那以后，我仍然和他们保持着联系，只是再也不敢轻易提起对方。而他们联系我，似乎也只是在联系一座桥。桥在，他们便心安。

小猪偶尔告诉我，他们夫妻俩关系不好，但也谈不上有多惨烈，只是看在孩子的分上，慢慢地忍和熬。他说他到现在还保存着许静的许多痕迹。一双她送的袜子，一个写着"爱"的铁坠子，还有一把小钥匙，是开水龙头的。现在市面上再也买不到这种钥匙了。

结婚之前他珍藏这些，是为了提醒自己，她把最好的岁月给了最穷的他，他将来一定要报答她；可是他没有坚持，她也没有给他机会。后来珍藏这些，是为了那段华丽的记忆。

……

就这样又过去了一年，许静婆家的房子拆迁了，丈夫的堂兄堂弟开始各种闹事，她带着孩子逃去深圳工作，我们完全断了联系。

这是我们相识的第十一年，同样是盛夏的一个午后。我在家里收拾东西，忽然发现书堆里夹着一个软皮笔记本，上面是有些熟悉又陌生的笔记，都是摘抄的美文。

其中有一段话是——"那年他十五，她十四，他们在小树上刻下誓言，他写：就这样爱你。她的话刻在下面：一辈子不离开你。后来他们长大了，很自然地分了手，很自然地各自婚嫁。那棵树长得很高，当年的誓言分在两边，一边是：就这样，一辈子。另一边是：爱你，离开你。刻'不'字的地方长出了一根树枝，枝头开着红花。"

是许静的软皮本。我一时间泪如雨下。

岁月终是会拉开
两个人的手

岁月终是会拉开两个人的手，不管是同性还是异性。
但是感谢它让我们喜欢的人，在我们身上留下痕迹。

在传统教育下长大，我曾一度对同性恋存有误读。

误以为男同就是人妖、异装癖，女同就是贴胸毛的假汉子。

随着人长大，想法是会改变的。比如一个段子讲，某男第一次看 A 片时想，天哪，长得这么美拍 A 片真可惜。后来他再看到漂亮女孩儿就会想，天哪，长这么美不去拍 A 片真可惜。

我长大后真正认识了一些同性恋，我发现他们的三观不知道有多正！他们的精神不知道多正常！

我认识一个男同，他以为大家都不知道他是男同，会瞎编他的恋爱史。但编的多了，女友的职业、年龄跟上次讲得不一样，他毫无察觉，大家都佯装着一笑而过。

每当那个时候我心里是有些难过的。

社会缺乏宽容，周围人不怎么关注自己的进步，喜欢从别人的八卦里寻找乐趣；一个人自身也确实需要很大勇气才能真正地抛出与别人不一样的自己。

后来我和一个女双性恋私交很好，我坦诚了我对某方面的好奇，她很大方地跟我讲了。我问她是什么时候发现有这种倾向的，她说读书的时候就喜欢那个女孩儿，她们租住在一起，如影随形。她们无数次分合，每一次都万箭穿心。

她们真正分手那一天，下了很大的雪，她看到那个女孩儿故意气她，和一个男孩子约会。她绝望地躺在雪地里，看着大片大片雪花汹涌地扑打在脸上，这样躺到半夜，生了有生以来最大的一场病，之后她放过了自己。

"爱是一种情感，不是一种规范。"

女孩儿后来结婚生子，过得挺好。那段感情，就像初恋的伤口一样慢慢愈合了。

"你有喜欢过女人吗？"她问我。我急着摇头。

"不，一定有。哪怕就是单纯的喜欢她，就想对她好，觉得她配得上世界上所有的美好。"

我想了想，眼睛竟然有些湿润。

真的有。我希望今天写下我们的故事，不会给她带来困扰。或许她从来都没有意识到我们在一起的那些时光，曾对我多么重要。

第一次见到她的时候，我二十三岁，去一家单位报到。新同事们接我去吃饭，她从一个格子间里站起来。穿白色短袖，米色裤子，素颜，漂亮得大气，有些像周涛。我的心被晃得一亮。

我生性卑怯，大家都在前面走，我在后面像一只受伤的小动物一样跟着。她正在前面和人说话，忽然掉头走了几步过来挽住我。一下子，我整个人都挺直了许多。

吃饭的时候她跟人要烟抽。那个男同事慢腾腾的像一只树懒，她说："快点掏快点掏。"男人慢条斯理地说："别着急嘛。"大家哄堂大笑，她眼神清澈。

我几乎是一下子就喜欢上了她。

晚上下班她在办公室打游戏，一边打一边叫："哎呀我好棒……哎呀我死了……加油加油……我一定行！"

我在想世界上怎么会有这样的女孩子？后来每一天上班，我都会不自觉地去看她，有时候她不在，我的眼睛扑个空，心里跟着一空。

她喜欢跟所有人说话，总是惊天动地地大笑。我们很快混熟了，我才知道我们租住在两个很近的小区，下班要穿过一个乱哄哄的菜市场。于是每天晚上下班我俩结伴而行，在我家小区后门买一个西瓜，一刀劈开，到她家里去看影碟，用勺子挖着西瓜吃。

整个看碟的过程都能听到她笑得地动山摇。

有一天看到太晚，我一个人回去她不放心，但是她送我后再自己回家我又不放心。我只能在她那里留宿。我平时总跟她抱怨我睡眠不好，第二天早上，她说："你居然说你平时失眠？你知道你睡得有多死吗？老子上厕所时踩到你都踩不醒。"

和她在一起我的心竟然这么静。

幸福感就这样不知不觉地渗透着我。如果她哪天有事情不能陪我，我就会很烦躁。

一天晚上有人打电话叫我们出去吃饭，她说："算了吧，我俩这么漂亮，晚上出去很不安全的。"我看着她说话的那个劲儿，高兴。

一次她喝大了，忽然从楼道跑下来，在我胸前抓了一把，大声问我："怎么这么硬？"我说："胸硬证明是处女。"她说："屁咧，证明你内衣质量差！"我看着她那个劲，还是高兴。

一次我俩走路上，她拿烟给我抽。我说："我从来不在路上抽烟，我觉得一边走路一边抽烟很丑。"她说："你走路不抽烟也不好看。"我看着她，惊叹她的损人技能又升了级，我仍然高兴。

我俩一起翘班，跑到江边去玩，买瓷娃娃在上面涂颜色。她拿其他颜色的彩笔在我的颜色杯里面乱搅，我看准她又一次想动手，迅速把我的颜料杯抢回来，结果用力过猛颜料溅了我一身。她哈哈大笑，我就是高兴。

她欺负我的时候总是要赢，并不是我不想赢，而是我好喜欢看着她得意的样子，心里对她充满了宠溺。

我俩一起去邮局取稿费单，她取了钱又寄钱，但不写自己的地址。工作人员不给汇，因为万一对方收不到不知道退给谁。我问她，给谁寄钱不留名呢？她羞涩地说："我有个稿子的主人公实在是太可怜了。"

我从未见过谁的心如此晶莹剔透，她像是天外来客，对社会的任何阶层没有一丁点儿优越感，也从来不会自卑。我带她回老家，她根本意识不到自己是根生土长的大城市妞，漂亮又洋气，她完全没有发现经过的很多人都会不自觉地看她。她光着脚穿一双夹板拖鞋，"呱呱呱"地走，与所有和我打招呼的人打招呼，带着一种羞涩气。不自卑表现在后来她和很多大明星成了好朋友，他们呼朋唤友在她家里聚餐，她表现得完美而得体。当然，这都是后话。

我们的关系变得越来越亲密，从朋友到入侵彼此成长的伴侣。

在那家单位待了一年半后，我俩先后辞职，和另一个朋友一起做一本我们独创的杂志。一个小聚会上，有个节目是找纸条，谁的凳子下面有纸条就可以参加抽奖。老总的朋友借着酒意忽然来拽她的裙子，作势要到她凳子下面找。她把脸一沉，站起来就走了。所有人瞬间石化。大家都知道我们的关系，以为我会把她追回来化解尴尬，但是我给她发短信：靠，你太酷了，等着，我马上过来。

我溜出来后，和她一起去看电影《金刚》。快开演时，我们从武广往万达一路狂奔。她拽着我的手快乐地问我："像不像读大学时赶场？"

喜欢一个人是多么单纯啊，看过她所有的样子，精致的、酷炫的、鲁莽的、脆弱的，然后更加希望和她无时无刻在一起。

那本杂志由于种种原因没有出来。快要分别的一天晚上聚餐，我们都喝大了，睡在另一个女同事家。半夜醒来，我听到她呼吸的声音犹如风箱，以前从来不是这样，我摇醒她，问她是不是渴了。我到现在都还记得，那一刻她的皮肤又光滑又青涩，像一棵春笋。

她迷迷糊糊地"嗯"了一声。我翻身起来，去给她倒水喝。我们是第一次到这个同事家，同事睡得像死猪，我找不到灯的开关在哪儿，而且我有夜盲症。我摸索到客厅里，用了一个世纪的恐惧找到饮水机。寂静的深夜，饮水机里"咕咚咕咚"翻起巨大的气泡，我有一种虚幻的满足，因为我从来没有机会，如此温柔贤淑地、熨帖周到地照顾一个人。

她一口气把水喝光，然后"咣"一声又倒下睡着了。

我们贴得很近，我能感觉到她的体温。以前也不是没有贴过，但从来没有不自然。那天晚上我尽量离她很远。

第二天早上她醒了，继续生龙活虎。她大叫："再也不喝酒了，喝醉了又不洗澡，整个人像一颗发酵的大豆。"

我俩赶紧相互嫌弃地奔回家去洗澡。

到家后我有点心慌，当时的男友在遥远的北方读研，我电话问他，我很喜欢一个女孩儿，肢体接触开始让我眩晕，我是不是有同性恋的倾向啊？

他说，别胡思乱想了，如果有一天你喜欢一个好看的小孩子，你是不是还以为你自己有恋童癖啊。

我如释重负。

他说喜欢美好的事物是人的本能。是谁定义同性之间的喜欢是不美好的呢？而且它还那么美好地穿插着我们的青春。

然后我们分别跳槽，她卖掉刚买的房子去旅行，玩遍了全国之后去做北漂。对于我来说，这个年龄里似乎有很多不安定，前途、房子、恋情。但对于她来说，什么都不是问题。真正的酷炫从来都不是口号里喊的或是鸡汤里写的。真正的酷炫是，她卖掉房子两年后武汉的房价翻倍，我跟她说起这个事，她说："真的？"然后说："哦。"继续吃东西。

分别后，我忙得焦头烂额，即便是这样仍然觉得生活中缺了很多，又说不清楚是什么。

2007 年，她第一次回武汉。当时艺术馆旁边一家电影院开业了，《色戒》刚刚上映。我很爱这部电影，跑去电影院看了两遍。我要拉她去看第三遍。

喜欢一个人就是所有你觉得好的事情都想和她分享，听到她说：好好吃、好好听、好好看，就会心满意足地觉得整个人生都充满了意义。

电影放到最后，我沉浸在那种残忍的爱里倍感压抑。易先生签字之后，他的手下拿出他送给王佳芝的那枚钻戒："你的戒指。"易先生大约是觉得自己送戒指的对象竟然是一个女特务，没面子，低声说："不是我的。"手下还是将戒指放到了他的大办公台上。

她马上旁若无人地感叹："这个人真会做手下。如果我是他手下，我一定会问：'不是你的啊？为什么不是你的啊？不是你送给王佳芝的吗？'如果他仍然说不是，我就拿走。"

前排的人纷纷回头。

她还是原来的她，好像从来都没有离开过。

后来我把这个情节写到了我的小说里。因为特别喜欢，在我的一本合集里，我把这个故事放在了第一个。我用了她的真名，它躺在扉页。

她的每一个片段都像是生活的神来之笔。我永远不知道她下一刻出什么幺蛾子。她很少正常。她正常的时候我就害怕。

临走前的那天晚上，我去她的出租房帮她打包行李。她忽然变得正常。她说她有时候会看我写的东西，她提到一篇稿子，问我："你写的是不是你自己？"

我傻了一下。因为我们要靠写字谋生，写字的人都知道，那些故事是为了拿到杂志上去换钱的，怎么带劲怎么来，哪会有平淡无奇的我们自己。

但是她说的那篇稿子真的有我自己。

我嘴硬："没有。"

她忽然看定我，有点激动："你跟我说实话。"

"没有。"

她轻声叹了口气："那就好。如果是，真叫人心疼。"

我的身体像被什么撞了一下，泪水几乎要夺眶而出。

那篇文章讲的是一个坚强又虚弱的女孩儿，想在城市里留下来，想过上世俗意义上体面的生活而挣扎着成长的故事。里面有一段漫长而心碎的爱情。

我说："你不要把什么东西都往我身上套。"

她什么都没有说，也没有看我。

时间过得那么快，最后一次见面，是在几年后了。我们各自营生，逐渐疏远。得知她回来的消息，我和另一个同事去酒店见她。在一间五星酒店，她纤弱挺拔，拿着几万块的手包，跟我们说她只做一天停留，马上还有行程去法国。

我有点不知道应该跟她说什么。

再后来，她结婚了，在北京做一家文化公司，据说丈夫很富有。在我的女儿四岁的这一年，她的女儿出生了。

我们很少很少再说话。刷朋友圈的时候也不给对方点赞。那是一种奇异的存在，与我心底的渴望契合。一段好的感情走完了，就是完整的，它应该平静地躺在岁月里，从容，恬静，没有疼痛。

岁月终是会拉开两个人的手，不管是同性还是异性。但是感谢它让我们喜欢的人，在我们身上留下痕迹。我的坦率、真诚、机灵、勇敢，骄傲又软弱，倔强又乖巧，都在循着她的气息一路疾行。

就在前几天，我写的故事被她看到，她忽然微信我说，哇，你现在好强悍的样子，我经常会想起你当年那小动物一样闪躲的眼神。

"你还记得什么？"我问她。她想不起来了。

而我，我记得我们之间所有的细节。

我记得她说过的每一句话，我记得她说话时眼神明亮的样子。

在她之前，和在她之后，我对任何人都再也没有这种感觉。

现在，我的双性恋朋友抛出这个问题：在这个世界上，我觉得谁配得上所有的好？我陷入回忆带来的震惊。

如果当时我勇敢一点儿，告诉她我对她的感情有偏离正常友谊的苗头，那么我到底是会被她追打，还是会有不一样的人生？

可是我还是更喜欢现在这个结局。

我的作家朋友刀刀在朋友圈说过一段话："好想念 Kimi，希望不管他和谁在一起，都能好好爱他。谢谢他从头至尾对我的好，和爱，以及和我一起的时候，由衷的快乐。"

这就是我想对我心里那个她说的话。

爱情不只是荷尔蒙

爱情不只是荷尔蒙，
它还是感恩、坚守、报答、责任与忠诚。

许多年前，在一所大学国庆联欢会上，主持人于文文和参演的小伙子程威一见钟情。

像截取的美好电影，喧嚣中只有他俩是静的，大柔光，慢镜头，慌张又羞涩。

爱情疯长。他们相约在操场散步，在树荫下读书，没有课的下午，一起去图书馆度过。窗外的风像小鸟扇动的翅膀，携着醉人的香气扑扑棱棱地跌到他们身上。看书看累了，她会偷偷冲他脖子吹气，对他笑。

临近毕业，他们在实习单位旁租了一套小屋同居。他们计划工作稳定后就结婚。程威很喜欢吉他但买不起，于文文立志结婚的时候给他买一把；于文文有一天曾在一款黄钻吊坠前驻足，程威也暗下决心要为心爱的女孩儿买下那枚五位数的吊坠。

感情正如火如荼，一天晚上，于文文忽然接到同学的电话——程威参与斗殴被抓了！

原来程威的父亲有一间小修车铺，附近是些菜摊，总有几个菜贩把摊子摆在修车铺门口，与程父发生摩擦。当天中午程父又跟菜贩吵起来，程威接到电话就从学校跑回来，叫上哥们儿和菜贩子打起来。混乱之中，对方的一人脾脏破裂、颅骨骨折，还没有脱离生命危险。于文文两腿一软：朝夕相处的男友竟然如此残暴！

她泪如泉涌，决定就此止损，远离程威。

几天后于文文觉得身体不适，4月底到医院一查，她已经怀孕两个月了！医生冷漠地说："不要就趁早。"于文文听到 B

超机器传来火车一样咣当咣当的声音，不禁问："那是什么？"

"胎儿的心跳。"

堕胎，舍不得。

于文文不得不去找程威的家人。走进修车铺，她深深震惊：大约十平方米的铺子已被人砸开，洗劫一空。铺子后面违建了一个小棚子算是"家"，墙壁斑斑驳驳，贴着几张程威上学时的奖状。电饭锅里的蒸土豆已经发霉……出事后程威的父亲高血压发作住院，而受害者家属还在闹事，他妈妈吓得不敢回家。于文文得知，程父为了供他读书，当过保安卖过菜，非常艰辛。上大学期间，程威经常为手机店做售后、修手机，挣点钱减轻家中负担。

可是谈恋爱的时候，程威给她买东西，都是价格不菲的。

离开程家，于文文决定不再惊扰他们。她硬着头皮向妈妈求助。母亲七窍生烟：未婚怀孕已经够丢人了，女儿竟然要当未婚妈妈！于文文在实习期间表现优秀，实习单位有意留她。顺利就业是多少学生梦寐以求的事啊，一旦她决意生子，就必然与这份工作失之交臂。而且，一个劳改犯父亲不但无法分担责任，还可能让孩子被别人讥笑辱骂。

于文文不是不知道现实残酷，但她没法做到扼杀一个生命。而且，虽然恨他，可还爱那段岁月，这个生命是某些美好的见证。

妈妈心软，终究拗不过女儿。

于文文倔强地生下儿子，取名于小天。

第二年 7 月，于文文听说程威因故意伤害罪而获刑七年。她忍住没去看他，她在日志中写道：我的坚强，与任何人无关。我得承担在这个世上应当承担的责任，无愧于心。

次年老宅拆迁，于文文母女获得一笔不菲的拆迁款。她决定出国留学。一年后她通过托福，拿到了英国伯明翰大学硕士录取通知书。她向英国大使馆申请了自己和儿子的签证，带儿子赴英。

英国的公立幼儿园几乎都是半天制，要么上午，要么下午，每次三小时，一周五次，全部免费。然而念公立幼儿园得排队，从孩子两岁时开始排，一般在满三岁后的 9 月才能入园。"全天"的私立幼儿园一个月起码一千五百英镑，于文文无法承担。而且小天没有接受过系统的英文学习，难以融入新环境。于文文无奈，租了一间房子，每天上课把儿子锁在家里。为了避免被邻居发现报警，于文文含泪叮嘱儿子："无论发生什么事，在家别发出声音，不然妈妈就会被警察叔叔抓走。"

坚强，艰难，心碎，拼凑起于文文跌宕的青春。三年后于文文获得了硕士学位，并顺利进入伯明翰一家展览公司工作。儿子也终于排上公立幼儿园，虽然"入托"较晚，但一年后能直接进入公立小学就读……于文文数年的艰辛，似乎终于迎来了甘甜。

时间过去了七年。一天下午，于文文被闺密邀请到同学QQ群中，她无意中看到程威已经减刑出狱的消息。

几天后，于文文的QQ号上出现系统消息：程威申请加您为好友。对话框中，显示程威一直在打字，半小时过去了，他才发来一句："你还好吗？"万里天涯，泪如泉涌。

程威说，出事后她没有去看望，他以为两个人就这样分手了，没想到一出狱得知自己有一个孩子。他疯了一样办签证想来看她，却根本签不下来。"文文，不管现在你是结婚还是未婚，我都必须偿还欠你的一切。"

于文文想了很久回复道："不打扰就是偿还，谢谢你。"

思来想去她还是将程威拖入黑名单，宁愿此生再无交集。

伯明翰的阳光白得发亮，空气里有金属的腥气，绿草如茵，孩子们在奔跑嬉戏。他们隔着大洋，恍如隔世。接下来程威的消息断断续续传来，一次比一次激起的波澜要小——他犯法后连大学毕业证都没拿到，所以找工作非常艰难；他考取驾照做了长途货车司机；两年后，他当上了一名公交司机。

同学传来他的工作照：穿着蓝色工作服扶着方向盘侧身微笑。

于文文看了，心里竟然一片宁静。挺好吧，他一直在求上进。

冬日的一天，大学闺密忽然告诉于文文，程威是一个参加同学会还穿着工作服的奇葩，而且一吃完饭他就急着回去，因为他没钱打车。他要存钱买一个淡黄色的钻石吊坠，因为是老款买不到，他画了图号召大家一起帮他找。到底是什么吊坠？难道是要送给于文文的吗？

闺密说："他不觉得他现在的身份已经远远配不上你了吗？"

于文文的心却猛然被击中。程威竟然还记得他发过的誓言，执拗地去履行。

过了几天闺密又来传话："程威真厉害，三年存了十几万块，品牌商知道了你们的故事特别感动，专门给你订制了一个吊坠，黄钻的。你要不要？"

于文文不喜欢兴师动众。马上要休假，她决定回老家看看程威。如果可能，她想和他平静地谈一谈。

程威开的是申陆专线，于文文没有惊动他，她从普安路站上车，在第一排坐下来。车子缓缓驶出站台。那一天像冥冥中注定似的，车刚刚加速，忽然一个母亲推着婴儿车从公路对面冲过来。程威冲乘客大叫："都抓紧！"他猛一打方向撞向路边。车身擦伤，有惊无险。程威跳下车冲那个年轻的妈妈大叫："吓到没？"他在路边等交警和公交公司来处理，一面道歉一面有条不紊地安排大家坐下一趟车。于文文随人流涌出，觉得自己这些年将他妖魔化了，他好像没有什么变化，仍然是那个好男人。

大家纷纷换乘，只有于文文留在那儿。程威扫过一眼后，目光震惊地退回。

"于文文？"

他大叫起来："于文文！"

四目相对无语凝噎。程威万分忏悔，父亲为了挣钱养家总是被人欺负，他从小就恨那些和父亲作对的人，希望自己长大了能保护爸爸。那天他的确太冲动，双方打起来以后，看到对方拿砖头砸他爸爸的头，他顿时血往上涌，也捡起砖头。

他颤抖着掏出手机。在智能手机满天飞的今天，他用的是一个普通的彩屏，很破旧。里面有一张项链的相片："我给你订了这个，还有几天就能取了，我答应你的事，不管怎么样我这辈子都会一一做到。"

那吊坠和她多年前在橱窗里看到的一模一样。

于文文一夜未眠。

第二天上午，她将他们的故事告诉小天。她拉着小天的手在站牌下等待着，看双层巴士载满阳光摇摇晃晃驶来。母子俩和所有的普通乘客一样迈上车。车行三站，程威忽然从反光镜中发现了于文文和儿子。他一眼认出那是自己的孩子！车一到站，程威就跑到于文文面前："你们别下车，求求你们，等我一会儿，我一会儿就下班了……"

于文文轻轻牵着孩子从座位上起身，站到泪眼婆娑的他身后。车子慢慢启动，向前滑行，小天瞪着天真的大眼睛看着爸爸，他目光欣喜，双手紧紧抓住栏杆，明亮的光线全部拢在他周围。于文文有种时光流转的错觉，她想起图书馆里年轻的彼此，想起他们租住的小房子，想起他发过的誓和她流过的汗水与泪水……

真爱是多么奇妙的感受，无论她多少次想将它掩埋，它仍一遇阳光就会破土。此时此刻她终于确信，虽然经历了千辛万苦，但这就是她要的结果，这个她坚定不移地生下的孩子，是他们的每一天，是他们身体的一部分，是他们灵魂的连接，是他们叩问命运的某种解释和答案。

中午 12 点半，程威交班之后带于文文和小天去路边的馆子里吃饭。小天不小心打翻菜盘，汤汁溅到了身上，程威连忙拽过一把卫生纸很笨拙地帮他擦拭。孩子特别享受被爸爸宠爱的过程，端坐着一动不动。

于文文一眨眼睛，睫毛湿透。

今年 4 月，于文文辞去英国的工作，和程威重新走到一起。

这是一个真实的故事，发生在中国上海。他们分开了很长时间，可彼此心里灼热地烙着爱情，爱情不只是荷尔蒙，它还是感恩、坚守、报答、责任与忠诚。这次重逢，程威把那迟到多年的黄色吊坠挂到她脖子上，他们在一家小酒店举办了简单的婚礼。

这个世界上真爱每天都在发生，它是苍白生活里的赤色奇迹。

有一种渣叫没和你上床

太阳暖暖地照在他们相互交织的腿上，
他突然地，用两只脚比"赞"。
她想想，都觉得快乐。

两年前，谢芃的父亲把她安排进电视台实习。电视台已经初现衰相，不过对于学传媒的人来说，这已是最高规格的地方了。谢芃心思活跃，她才不想在体制内过一生，她只想玩两个月，混个实习报告回去。

她去办手续，碰到了一个男生。高，笔直，浓眉大眼，下颚骨略宽。男生要办出入直播大楼的临时工作牌，回头看了她一眼，示意她先来。谢芃以前不知道什么是一见钟情，都是别人追她，她腻了就甩人。但这次她心如鹿撞。男生长得像小城市版的霍建华。鼻子，嘴巴，下颚骨，都凌厉，一双眼睛却全是情。

她想多看他一会儿，就让他先来。一边等，两人一边聊天。

谢芃轻佻地问："你也是来实习的？"

"是。"

"哪个学校的？我以前怎么没见过你？"

男生半晌不说话。

谢芃忽然想起来，邻市也有一家传媒大学，就这几年才改名儿沾了点传媒的边儿，挺烂。

"你不会是 × 大的吧？"

"对。"男生的声音弱了下去。

男生的临时工作证递出来，谢芃扒着他的手："我看看，我看看。"

他叫夏宇。

两人都被分到地方台三套去跑新闻。三套是农业频道，天天都要下乡，谢芃吃不了苦。

一天组里去拍农民丰收起鱼，鱼塘埂上全是烂泥，又腥又臭，走一会儿就走不动，要找棍子把粘在鞋上的泥戳掉，不然鞋子有千斤重。夏宇从后面过来："我帮你吧！"

谢芃心里乐开了花，嘴上却说："一个大男人蹲地上帮我戳泥巴？"

夏宇二话不说找了根粗棍子来。"扶我背上。"他命令道。他在她面前弓着腰，三两下把泥戳掉，又从口袋里掏出俩一次性鞋套给她套好。

"换只脚。"

谢芃拍他的背："快起来，人家在看我。"

"给人看。"

于是她干脆就趴他背上了。瘦瘦的背，脊柱一节一节地突出来，她很想用手指去数。顺着脊柱看上去，是他长直的颈脖，衣领很干净，散发着男人的体味和淡淡洗衣液的清香。她的身体和心灵都起了可怕的反应，她竟然会脸红！心脏把带着荷尔蒙的血液输送到四肢，四肢都绵软了，她的嘴唇莫名湿润，心里雌性的部分狂热地想寻找到他雄性的部分去贴靠。

栏目组的大部队在前面采访农民。农民说："先用网打起来的是中层鱼，白鲢和鳙鱼。鲫鱼在底层，放最后一波水会落到接鱼的网里。再底层是黄颡鱼，要等水放干才抓得起来。"

谢芃说："你觉得哪种最好吃？"

“黄颡鱼，用剁椒闷。”

“烧汤也不错。”

“烧汤容易腥，要先下水去腥。”

“你会吗？”

“太会了。”

“那有机会你做给我吃？”

“那有什么问题。”

这时大部队在喊：“干吗呢你俩？快去车上看看话筒电池还有吗？”

两人一齐笑。

夏宇第二天就请谢芃吃饭。他住在电视台附近的一个小出租房，是老宅子，木头格子窗户，旧实木地板，墙纸受潮的地方像画着花。

姜片，葱花，料酒，白醋，剁椒酱，谢芃一样一样准备到小碟子里。夏宇在旁边洗鱼，油一烧开，“哗”一声下锅，再捞起来，放到高压锅的荷叶上，淋上料……真像过日子。

谢芃穿着藕色连衣裙，闻着美味在房间里转圈。

"喂，你怎么不买房子？"

"买不起。"

谢芃哈哈大笑："真的假的？不是富二代，那你是怎么进的电视台？"

"找关系，花了几万块钱。"

"实习还要花钱？"

"今年7月台里要招一批人，肯定先从实习生里面筛选。"

"你想留台里？"

"是啊，我想当主播。"

"什么？你看那些同事，都在找下家了，电视台有什么可待的……"

他又重复了一遍："我想当主播。"

他是农村的孩子，小时候就想当主播。就是这么简单。

"可是……工资好低啊，听说马上又要降薪。当主播有什么意思？不就是让大家都认识你一张脸吗，实际上日子过得凄惨得要死。"

"我喜欢这个。"他说，"我从小到大都是学校的节目主持人。"

他还挺犟的。她喜欢。

"那你当吧，当到三十五岁，混成个制片人什么的。电视台只要不倒，中层就还有好日子过。"

"我不想当制片人，我只想当主播。"

这人脑子一定进水了。她直接抛出关键："你怎么保证你能留台里？"

他的学历是硬伤，他一个农村家庭的孩子，还能有多少钱往里砸？要凭真本事竞争？拜托，他还没有那种惊为天人的出类拔萃，台里的老主持人个个都油嘴滑舌情商爆表，长得也帅。

"我会努力的。"他说，"饭好了。"

谢芃让爸爸给领导打声招呼，实习期过了把夏宇留台里。父母一问他的家庭条件，都骂她糊涂。

"我们不是在谈恋爱。"谢芃噘着嘴。

"那你帮他干什么？又要浪费我的人情。"

"我被他的理想感动了。你们知道吗，理想。"谢芃重重地用筷子点着碗底。

她妈听说夏宇都没提过到她家来拜访，叹了口气："剃头挑子一头热。"

才不是！夏宇是个禁欲系男生，死脑筋，他对谁好就会好一辈子，跟以前那些见到她就想扑倒的完全不一样。

父母经不起她的死缠烂打，答应等她实习完了请吃谢师宴的时候帮忙提一下。

只要父母肯提，他就有希望。她父母的一句话，顶夏宇多少万往里砸。

夏宇说自己没衣服穿了，让谢芃帮忙参考买几件实惠又体面的衣服。谢芃带他到一家商场，夏宇一看吊牌价，状如呆鹅。

"哎呀，我给你买。"谢芃把他推进更衣室。

换了衣服出来，果然很帅。谢芃跳到他面前，在试衣镜前挽着他的胳膊摆造型："配得一脸血！"

夏宇死活不让谢芃出钱，这倒让她不好意思。她逼着人家买贵衣服，说不定是他半个月生活费呢。于是说请他吃饭，结果吃完饭，他悄悄把账也结了。

谢芃有点生气。

"我从来不花女人的钱。"他说。

"我跟别人不一样！"她理直气壮，"我不是别人！"

他不再接话，拎着大包小包往外走。也不知道为什么气氛怪怪的，谢芃心里那么潮湿，像蒸笼，他却岿然不动，她有点恼羞成怒，又找不到点儿爆发。

两人都忘了摁电梯，跟着一行人到了地下二层。电梯门一打开，一溜儿车。谢芃马上忘记了刚才的不高兴，她指着一台说："我就准备买这个！怎么样？"

"挺好……不过我不懂这些。"

谢芃开始大谈特谈新媒体创业，谁谁做自媒体拿到了上亿的风投啦，谁谁线下做商业活动每个月几千万的流水啦，谁谁做收费 APP 已经做成龙头老大啦……

夏宇说："你穿高跟鞋磨不磨脚？我背你走吧。"

他当真把她背起来，她手挂在他脖子上，拎着自己的高跟鞋。再往下看，雪白的脚丫子在他身体两侧晃啊晃。

谢芃在他背上无聊，想起有一次两人一起去采访农民骗羊。不用麻药，一个小铁钩子，在火上燎一下，一戳进去就把蛋蛋钩出来了。都还没来得及流血，灰白色的蛋蛋"噗"一下扔进塑料袋。专门有人收这个，晚上拿去烧烤。

谢芃说："嘿，要是对付出轨的男人也使这酷刑就好了。"

"我永远不会出轨。"

谢芃喜欢听这话，哪怕只是此刻的信念，也是值得表扬的。她把脚翘起来，用大拇脚趾比了个"赞"。夏宇大笑起来，她得意地问："你会吗？你做给我看？"

　　"以后有机会。"

　　什么时候有机会呢，他永远穿着鞋。或许是在床上的时候吧。太阳暖暖地照在他们相互交织的腿上，他突然地，用两只脚比"赞"。她想想，都觉得快乐。

　　谢芃的实习期快结束了，她让夏宇请她吃饭，她负责帮他搞定留台的事。夏宇提了一家市里最好的酒店，谢芃奸笑："人家让你在家里请，做给我一个人吃。"

　　谢芃带了一瓶红酒，夏宇推辞不过，喝了一杯，剩下的都被谢芃喝了。

　　一喝大，她就开始畅想她不可估量的未来，她的豪宅她的豪车，她终于摆脱了父母的压制变成强者，变成他们的骄傲——她只需要短短几年就可以完成人生中最盛大的反叛。而夏宇呢，她不需要他做什么，他只负责做一个好主播，回家只拍好马屁就行了。

谢芃的理智开始模糊。夏宇要送她回家，她赖着不走；夏宇要来背她，她把脸仰过去："亲我。"夏宇说："不要这样，我怕把持不住自己……那个，要留到新婚之夜。"谢芃一下子笑得蹲下去："可是我早就没有了啊。"夏宇半天没说话。谢芃问他："你还是处男？"他不搭理她。"你生气了？"他还不理她。"你介意这个？"他终于开口："我不介意。"

总之有点扫兴，他还是把她送回去了。谢芃有点懊恼地问："夏宇，你喜欢我吗？"

"喜欢。"

"我也觉得喜欢，你没有理由不喜欢。"

夏宇如愿留在电视台，调到民生栏目组做主播。谢芃则要创业，她的朋友邀请她去深圳投奔一个已经初具规模的小公司，夏宇鼓励她去。他给她买了个行李箱，很贵很贵，贵得远远超出他的消费范畴。他说希望她以后拉着这个箱子走南闯北的时候，永远风风火火。

夏宇把她送到机场，谢芃抱着他，呼吸很近，她把脸凑过去，夏宇把嘴唇印在她额头上，摁着她的头，印了很久。

她觉得他是认真的，用心的。

"你要乖乖地等我，不许被小骚蹄子勾跑了。"她撒娇。

夏宇揉了一下她的头发。

谢芃到了深圳，每天晚上给夏宇发微信，打电话。一切都进展得很顺利，她膨胀着从未有过的鸡血。但是很奇怪，慢慢地，他微信回得不及时，再后来，电话也常常不接。

谢芃发现他俩之间一直有问题，但是她又不知道问题在哪儿，刚开始问题是悄无声息的，现在是大张旗鼓的。

三个月后的一天，夏宇忽然发了一条朋友圈，是他和一个女孩儿的合照，两个人头靠头，比着剪刀手，笑得像傻子一样。

谢芃简直不敢相信自己的眼睛，马上打电话给夏宇。他接了。

"那是谁？"

"我女朋友。"

"你女朋友？"

"我们读高中就在一起了。"

"以前怎么从来没听你说过？"

"你没问过吧。"

谢芃气炸了："夏宇！你在利用我！"

"我也没有怎么你啊。"

谢芃语塞。他没亲过她的嘴，没牵过她的手，没上过她的床。所有的一切都是她一厢情愿。可是她动了真心，24年来第一次动真心！

"你让我误以为咱们在谈恋爱，利用我家里帮你！"

"有不上床的谈恋爱吗？"

谢芃又被噎得说不出话来。

"我没想过利用你，我一开始就知道你背景硬，只是觉得和你走近一点儿没有错。但是要说谈恋爱……我配不上你，我女朋友是我们镇上的姑娘，我们两家关系很好。"他说他跟女友很合拍，他说他跟谢芃说过自己永远不会出轨的意思，其实是永远不会和谢芃上床，他说谢芃这样的家庭不会接纳他，他不愿意半辈子仰人鼻息。爱情和激情过后，要应付太多"恩情"，他说知道自己hold不住她，从来没有想过高攀。

谢芃的眼泪哗哗地砸到手机上："虚伪！懦弱！白痴！"她骂他，他静静听着。

骂完了，她说："我既然能让我爸把你留在台里，自然有办法把你弄滚蛋。"

他说："我已经正式签了合同，要我走也要有理由。而且领导挺喜欢我。"

翅膀硬了，说话底气都不一样了。她发狠道："好，你厉害，你给我等着！"

挂了电话，她以为他会发微信来求饶，但是一直没有。谢芃等到天亮，哭了无数次。倒是以前栏目组的同事发消息来问是怎么回事，她不是在和夏宇谈恋爱吗？怎么夏宇在朋友圈秀跟别人的恩爱？谢芃说："我们哪有谈恋爱，我们连手都没拉过。"

一起创业的朋友说，有一种渣叫没和你上床，你拿他一点儿办法都没有。几个人轮番劝，谢芃消了些气，想想要再找父母让夏宇在台里穿小鞋，又要欠一遍人情，还要被人笑话，实在是多此一举。

人长大，都得学会放下，自我安慰"其实他也不是个坏人"。

转脸才能给自己清场，她发现最大的惨败，是忽然知道自己并不是万人迷，冷静的人有原则不喜欢她，于是就能忍住不喜欢她，他真的很厉害。

越想越难过，又不得不承认他的成熟。

谢芃在深圳待了两年，事业上小有成就。漂亮可爱的姑娘永远不缺爱情，她很快找了新男友，也是个疯子一样的男人。他们在寸土寸金的地段买了房子，今夏，一起回谢芃家见父母。

在火车站，谢芃叫顺风车，过了一会儿，忽然接到夏宇的电话。

"你回来了？"

"嗯？"

"我是夏宇，来车站接朋友，刚看到你发的单，我和你路线重合。"

谢芃想起来自己虽然把他拉黑了，但是这两年微信一直没改昵称和头像，她是用微信登陆的顺风车软件。真是孽缘。

"我去接你吧。"夏宇说。

"好，我这边两个人，我和我男朋友。"

"好的。"

夏宇开着一辆中规中矩的雪铁龙，前排坐着他刚接到的一个男生，不怎么说话。谢芃和男友在车上也没怎么说话。城市变化很大，到处都在修地铁和高架桥，谢芃看着这有点陌生的城市，过去的一点一滴回来了，她心里波涛翻滚。

"台里的同事都还好吧？"谢芃打破沉默。

"好，×台长调走了，好几个人辞职，栏目组也砍掉了几个，但我们组的收视率一直还可以。"

到了谢芃家小区，夏宇和他的朋友下车帮谢芃两人拿行李。东西拿完后，谢芃才想起来她还用着他送的箱子。因为特贵，当时没舍得扔，现在给他看到了多尴尬。她磨磨蹭蹭在后面，千言万语说不出来，最后问夏宇："你呢，你还好吗？"

"挺好的，你平时看不看电视？哦，对了，你那儿收不到我们的台，你可以看视频呀，我现在是台柱子。"

谢芃扑哧笑出声，眼睛里含着一点点潮湿："我跟我男朋友也挺好的，去年赚了不少钱，我们明年就结婚。"

夏宇忽然抬起穿着人字拖的脚，翘起大脚趾，看着她笑。

他的大眼睛里有狡黠的光，不再是那个沉默而压抑的少年。谢芃的泪水一下子涌出来，她死死地看着他，用目光告诉他，我认真地爱过你，你知道吗？

夏宇的眼睛里也有泪光，一丝剧痛和内疚一闪而过，他把箱子交给她："上去吧，风风火火的姑娘。"

她转身，夏宇最后一次轻轻揉了一下她的头发。

其实他记得他们之间的每一句对话，每一个细节，记得她的每一个小愿望。但那又能怎样呢，他还有女孩儿还有理想不可辜负。

很快楼上传来欢天喜地的声音，菜香弥漫在整个小区。夏宇的车子恋恋不舍地滑行着，慢慢驶出这似锦如织的旧时光。

多少年少，是相爱相杀

他们相互感到对方是自己这一生遇到的最错误的人、
是他们一生中最失败的事、
他们的相遇和相爱见证了他们最瞎闹的时刻。

有些被抛弃过的男人，余生无时无刻不在试图复仇——
下任誓死也要比上一任优秀。

坛子就是这么一个人。可悲的是，在他心目中，再也不
会有人比青青更优秀了。他找过学历比她高的、脸蛋比她嫩
的、胸比她大的、家世比她好的……但任何人，是的任何人，
都无法取代她在他心目中的位置。

这使他越来越恨她。

没想到复仇的机会以另一种方式到来了。

那天坛子在同学小东家里玩，等待吃饭的过程中用他的iPad斗地主，小东的QQ挂在上面，青青的头像忽然跳了起来。

"在吗？"

坛子莫名紧张。他早已把青青拉黑，但是天知道他多么想跟她再讲讲话。

"在。"

"最近手头宽裕吗？"

"怎么了？"

"还是上次我老公开车撞人的事，那人做了两次大手术还是不行，再不补交手术费他们就要起诉我们了，我老公可能要坐牢，能借的人我都借遍了……"

"还差多少？"

小东从厨房出来，忽然看到两人在聊天，他一把抢过iPad，"你疯了？要借钱你借给她啊，别以我名义问。我才装修，你看我这儿空了一大块儿，电视都还没钱买呢。"

"我借。"坛子阴险地笑。他把iPad抢回来，申请视频通话。青青还以为对方现在就要给她打钱，在这儿确认身份，第一秒钟就点了接受。结果视频一打开，她马上给关上了。

过了半晌，坛子问了一句："到底差多少？"

又过了半晌，青青回了三个字："三十万。"

坛子重新用自己的QQ加青青，顺便加了微信、重新存了手机号。

他说："青啊，看到你现在这般处境，我真是痛心疾首，心如刀割啊。但是你也知道，我的钱来得也不容易，不能白借，要不你再陪我睡一晚上吧，反正又不是没睡过。"

小东说："你也够无耻的，青青才刚结婚。"

坛子心想，要的就是这效果，反正分手的时候她已经很讨厌他了，再多讨厌一点儿又何妨。

那时他们还在读大学，坛子是诗歌小组的成员，有天晚上小组聚会有个女生喝多了，他送她回家，听说还在人家家里端茶倒水各种逗留。回来后青青问他，他为避免无端猜忌没有承认，结果青青毫不留情地揭穿了他。她说："我真不知道你有这么不要脸！"坛子特生气，他真不知道他做了什么能跟不要脸扯上关系？在酒精的作用下，那天晚上他们讲尽了一辈子的狠话，青青连夜搬回宿舍。坛子确实喝得有点多，也没有去追。第二天再怎么求饶也没能挽回青青的心。

当时离毕业还有半年，坛子在那半年时间里把所有的尊严耗尽。他每天发几百条短信求她原谅，他觉得全校师生都特瞧不起他，最后的结果是青青一毕业就跟别人好上了。

他还记得那天他坐了七个小时的火车，拿着一大把花到她家楼下去等她，结果看到那小子在小花园里亲她。气疯了的坛子把她提溜过来，青青傲慢地说了一句："关你什么事。"

后来坛子得知他们一直在一起，还回到这座城市，买了房子。同学会上，只要听说有她，他就决不参加。

此刻，QQ可怕地沉默了一会儿，然后青青竟然问："要利息吗？什么时候还款有规定吗？"

坛子索性心一横："无利息。还款日期我也不催你。"

他不信青青真能出来跟他打一炮。那是个性子多么刚烈的女人，他们恋爱那会儿，有次在学校门口的馆子里吃饭，碰到几个小混混喝大了跟坛子扯皮，保安和老板都缩到一边不管，青青冲上去把人家吧台给砸了。

还有一次坛子要去参加大学生运动会，头天晚上想跟她亲热一下，她拿了把菜刀放在床中间。因为她说头天晚上透支身体明天运动会就不可能表现得好，她指望他拿冠军。

他就是喜欢她的这股狠劲儿。他是个浑不懔，没人能驾驭得了，除了她。

他心想，她要是真舍得给她老公戴绿帽子，他还真舍得这钱。

停了几分钟，青青说："你把钱准备好，三天之内，等我消息。"

坛子琢磨着不太对头。他灵机一动："那不行，要万一你带一群人来把我抢了再打一顿呢。我是谨慎的人儿。"

青青很快做出了让步："那好，你定地方。"

想来想去都没什么破绽了吧？

坛子回了两个字：痛快。

小东的老婆开了一瓶白酒，坛子喝着喝着就喝大了。小东问他："你到底怎么想的？"

坛子做了一个斩立决的手势："我要提前在房间里装上针孔摄像头，全拍下来，挂到网上……

"我要拍成上万张相片，发给她老公，发给她公婆，到她公婆的小院儿去张贴……"

"我要……让她永世不得翻身，没有人要她，我也不要她。"

坛子一个人叨叨了半天，红着眼睛问小东："是不是有点下作啊？"他抹了一把眼泪，"我他妈的就是喜欢她，这么多年了，还是忘不掉她。"

第二天酒醒了，坛子把钱准备好，在酒店订了个大套房。

他还记得七年前，这儿还在建设，据说它是城市的最高建筑，比五星级还高档。青青挽着他的手说，什么时候我们能在这儿开房间就好了。

当时他们还没租房子，每次约会都在四十块钱一晚的小旅社。

这些年中，他做销售，做到经理，又开公司，单打独斗，单枪匹马，是有泪自己擦，是有苦自己扛，终于也算是个略有资本的小商人了。

换了那么多女朋友，独独再也换不来她。

坛子在房间里坐了一会儿，要了一瓶红酒，看着脚下的一堆现金。在这个手机都能转账的年代拿这么多钱特别傻，但是现金是最深刻的侮辱。然后他深吸一口气，给青青发短信说房号。

过了一会儿青青来了。她胖了一点儿，头发挽成一个好看的髻，面色铁青地出现在门口。她冷冰冰地看着他："钱呢？"

坛子沉默地把门关上，从行李架下面把装钱的袋子拖出来。

青青看了一眼脚下的钱，然后用没有任何温度的目光看着坛子，看得他毛骨悚然。

"还说什么，脱衣服吧。"坛子头一偏，转身去倒红酒。

他希望她没有看出来他有多心虚。他甚至不知道如果青青真的把衣服脱光了，他该怎么办。他有点后悔，他很想逃跑。

青青摘下手套，放下包，慢慢解开大衣的扣子。坛子就端着酒杯，鼓励自己用黑帮老大的气势戏谑地看着她。

她把外套解开，坛子看到她的小肚子有点鼓。

"你怀孕了？"坛子手里的红酒漾起微波。

"还要我脱吗？"青青仍然冷漠地看着他。

坛子"呼"一声把准备递给她的那杯酒放到桌上，自己的那一杯，他一口气干了。

"那你还来干什么？你在调戏我？"

"我为了救我老公。"青青说。

坛子一下子倒在床上，简直说不出话来。他本来是想约她出来解个气，但是她总是有能力把他气得半死。

"钱你拿走吧，"坛子长长地叹了一口气，"我压根就没想过要跟你睡。三十万可以跟多少个妞睡觉，随便叫一个都比你漂亮。"

坛子一辈子都改不了心地善良但嘴巴奇贱的毛病。

青青弯下腰，去拿钱。她站起来的时候眼泪让脸上的淡妆支离破碎。

"坛子，"她忽然说，"如果我嫁的是你，我也会帮你。"

坛子从床上蹦起来："那你当时为什么跟他？我求了你整整半年！半年！"

青青也大叫起来："你明知道卢露喜欢你，你为什么要送她？她是在装醉你知道吗？"

卢露是谁？坛子想了半天，想起来是那天晚上他送的那个女孩子。

八年前，青青在和学校最痞的男孩儿谈恋爱，他叫谈华林。学校有一次搞活动，要帮一个白血病同学筹款，在路边卖坛子鸡。大家都不好意思吆喝，只有他敢。可是他感冒了，剧烈咳嗽，一喊"坛子"就开始咳，"鸡"字永远叫不出来。从那以后，所有的人都叫他坛子。

他永远带着一股邪恶的气质，与人相处之道一向怪诞，若是作恶，一切都自然，若是善意或友爱，偏偏就表达得别扭。脏话连篇是他，油嘴滑舌是他，牛皮连天是他，满脑子小聪明也是他。

有一天他们一起吃烧烤，一大桌同学，坛子专门把青青面前吃过的签子收了起来，怕扎到她。大家一窝蜂起哄，他竟然一本正经地脸红了。

那时青青发现，一个人把他从来没有向别人展示过的一面，只展示给你的时候，是多么令人心动。

一个从不示弱、风风火火的女生，和一个嬉皮笑脸、插科打诨的男生，就这样风一样相爱了。租来的房子很破，四户人共用一个水龙头，坛子每天早上都起床很早，帮她打好刷牙和洗脸的水。青青知道他喜欢吃肉，每次和他一起吃牛肉拉面，都嘟着嘴把牛肉全部挑给他，她说她要减肥。

青青和卢露一直不和。有天她听到卢露公然挑衅，说坛子是个花心大萝卜。

青青觉得没面子极了。结果没多久，就发生了"夜送"事件。诗歌小组有几十个人呢，哪个人眼睛不是贼亮着盯着八卦，他竟然不承认。卢露还故意气青青，放话坛子怎么会照顾喝醉的女人，妥帖周到。

让青青更生气的是，她要搬走，他都没有追她。一个女孩子，在凌晨时分拖着行李箱在路上走的凄凉，她一辈子也忘不了。

而他当时酒劲儿上来，很多细节都断片儿了。

年轻气盛的爱情又硬又脆。毕业典礼上，她本来想给他最后一次机会，他再求求她，她就会跟他走。但是他有个哥们儿叫他出去喝酒，他居然又去了。两人再一次错过。后来回了老家，家人给她介绍了现在的老公。

她何尝不想他。爱着他，又恨着他，一边思念他，一边说着最伤人的话。

他们陆续听到对方的一些消息：坛子一年换一打女朋友；青青结婚了。

他们相互感到对方是自己这一生遇到的最错误的人、是他们一生中最失败的事、他们的相遇和相爱见证了他们最瞎闹的时刻。

直到这一天，在酒店的总统套房里，两人重新、认真、诚恳地坐下来。

"你老公把人撞得怎么样？"坛子去卫生间洗了把脸，问青青。

青青把手机拿出来，调图给他看。是一些病例，上面有"高位截瘫"等字眼。

"花了九十多万了，房子也卖了。"青青垂下眼皮。

坛子把相片向后滑动，看到一张 B 超图。里面隐约横躺着一个孩子，肚子很大，头很大，四肢像豆芽。

"……是因为你有了孩子……才对你老公这么舍命地救吗？"坛子赶紧关上手机，还给她。

"不是。"青青说，"出事的时候我还没有怀孕。当时也有人劝我离婚，但是你知道，我不是那样的人。"

坛子喉咙发紧。他了解她。正是因为知道她有多好多倔强，他才一生念念不忘。

可是走到今天，他们都已经没办法再说一句怀念。

坛子叹了口气，站起来。三十万还是有点分量。坛子提出把她送到银行去存钱。青青没有拒绝。出了电梯有一个小坎，青青趔趄了一下，坛子赶紧伸手去搀扶她。

"你是孕妇，你要有什么闪失我还得赔你一个娃，我可损失大了。"坛子恢复了他的油腔滑调。

青青笑着，眼底有泪光。

他们从车水马龙的街道上穿行过去，坛子一直体贴地站在她左侧，当有电瓶车冒冒失失地冲过来，离老远坛子就把手放到离青青后腰十厘米的地方随时准备保护她。刚刚下过细雨，露珠凝结在马路边的一片树叶上，映照着这个喧腾的世界。太阳出来了，暖黄的光线拢住她白皙的皮肤。

他想，这应该是分手以后最好的一天吧，他们都不是擅长于忘记的人，但是至少可以学会放下。他们终于可直面自己脆弱的内心，把最柔软的地方展现给对方，接受他的抚摸，然后说一句告别，从此一头扎进生活的洪流里，再也不会相爱相杀。

在最熟悉的那个路口，两个人轻轻地拥抱了一下。然后他们低下头，藏好泪光，正式告别，重新出发。

我像孩子一样的样子，
全世界只有你看到

我像孩子一样快乐的样子，全世界只有你看到，
而你带着这份宝藏跑掉啦。
你知道吗，你是我唯一一封温柔的情书，
在你之前在你之后，我都只能写出人性疮痍和世态凉薄啊。

小白在酒吧里玩，穿着吊带，手臂上贴着假文身。

旁座的一个男人过来："喝一杯吗？"

一杯干了之后，男人要她电话。

第二天男人打电话来："我请你洗澡吧。"

好白痴啊。

小白心里涌动着嘲讽："你能请点高尚的事情吗？"

"不是你想的那种洗澡。"

小白决定去，二十二岁的她刚刚工作，每天晚上下了班就无聊透顶，她喜欢看这些傻瓜男人花样显摆他们的花招。

不一会儿男人坐出租车来了。注意，他竟然连车都没有。而且他看上去根本就不年轻，就这样还想泡年轻漂亮的小女孩儿！

不知道怎么就那么想笑。

车子把他们拉到一处宫殿般宏伟的建筑面前，上面写着某水会。竟然真的是这么严肃认真的洗澡，男宾女宾分开，洗完了去吃自助餐，一点儿暧昧的机会都没有。

小白第一次在这座城市里被请洗澡，虽然她装得张牙舞爪，其实她才来了小半年，有太多未知的事情值得探索。

小白含着叉子，问他："你经常来吗？"

"也不是哦，这么贵。"

小白笑起来，他真好玩。

"你经常去酒吧吗？"小白又问。

"也不是。你呢？"

"为什么？不会也是因为贵吧？"

"本来就是，去一趟没有一千块钱怎么出得来，咱都是靠死工资吃饭的人。"

"你经常去？"他不顾她笑，穷追不舍。

"没有。"

"为什么？"

"因为我其实是好女孩儿。"

"我早就感觉到了。"

两人笑得莫名其妙，你笑一下，我笑一下，顶着笑，错峰笑，一齐笑。最后两个人都撇开目光，开始打岔。要不要吃虾？我去帮你拿。

她看着他的背影，忽然觉得一点儿都不讨厌他。

男人叫许乐，是一位设计师，每月工资一万左右。但是他离婚了，要付孩子的抚养费，还要还房贷，剩下的零星小钱也过不上什么优越日子。

小白和他收入差不多，不过"我想买房子"像魔咒一样箍着她，小女孩儿虚荣，又经常要买个名牌包包墨镜什么的显得自己是已经工作的小白领，所以其实也没什么钱。

第三次约会，许乐要请小白去一家高大上的酒店吃饭，小白拒绝了。

"算了吧，有必要吗？"她自己都吓了一跳。

"我发了奖金。"许乐喜气洋洋地说。

"真的？多少钱啊？"她又吓了一跳。关她什么事儿啊，好像很熟似的。

"两千，咱今天吃一半，明天再吃一半，吃光它。"许乐说着来拖小白的手，小白一缩，他就干脆一掌推到她背上，把她往前搡。

"你给我省钱干吗？你是我老婆吗？"

小白听了不高兴，像被人看穿了一样，她僵着腿往前走，他越推越吃力。

"推什么推？有病啊？"小白嚷嚷。

许乐停下来，一脸宠溺地看着她。

小白瞪着眼睛看着他，那一刻觉得他好温暖。

"为什么这么看着我？我会害羞的。"小白捂着红彤彤的脸说道。

"好了，"许乐一把揽住她的肩，神秘地说，"以后你会知道的。"

小白隐隐地感觉到什么，没有再问。

他们开始正式约会，有点傻。她不好意思说他比她大了十四岁，去见朋友们之前，她叮嘱他："别说你是 1969 年的，要不然他们肯定要说我……就说你是 1975 年的吧，让我瞧瞧，像不像？"小白退后两步，上上下下地打量他。还凑合吧。

群鸟毕至，百兽咸集。小白开始介绍自己的新男友。朋友随口问："哪一年的呀？"两人抢着说："1975 年。"对方说："那属什么？兔？羊？"

小白恨自己脑容量太低，一时间算不过来。

饭桌上出现了可怕的沉默。

就是那一停顿之间，所有人都知道了真相。

小白气得好想踹死他。他是大叔哎，大叔难道不应该事先把一切都考虑周全吗？

一场饭终于嘻嘻哈哈地吃完了。果然一散会，小白就收到朋友的短信："你一个未婚小姑娘，工作又好长得又不赖，找个没钱还拖油瓶的大叔，你图的什么呀？"

还有人问："你爸妈知道吗？"

真沮丧。

小白走到一个垃圾桶旁边，把一个空易拉罐一脚踢到马路当中。在三更半夜空旷的街，它发出巨大而空洞的回响。

"我给你丢脸了？"许乐说。

"没有。"小白闷闷不乐。

"就是给你丢脸了。"

两人都接不下去话了。

还好已经走到她楼下。许乐要送她上去，她不让。她低着头给朋友回短信："我俩没上床，我只是玩玩。"她不知道她解释这个干什么。

　　许乐伸头来看，小白把手机往一边撇，他脖子伸得更长，小白把手机藏到背后。许乐伸手来抢，一下子给他抢了去。只扫了一眼，他就还给她。

　　他说："你上去吧，我就在这儿看着你卧室的灯亮了，我就走。"

　　语气很平淡，不太像他。

　　小白觉得好委屈。但是她怎么能在他面前示弱呢？不能。

　　她一甩头发"噔噔噔"跑上楼，在黑灯瞎火中把自己扔床上。停了半天，忽然想起他说要等着她卧室灯亮。于是扯着窗帘往下看，他坐在楼下的石凳上。

　　她用力一拽，把窗帘关上。怎么办怎么办怎么办，心竟然会痛。

　　这是一段注定不会被祝福的爱情。

　　如果她家庭条件特别好，不用看中男方的物质条件，那么可以嫁；如果她父母不在意邻里的闲言碎语，那么可以嫁；如果她心智成熟，能够胜任后妈的角色，那么可以嫁……她一头都不占。

马上小白要过二十三岁生日，许乐来找她，商量去哪家餐厅订包房。看他那么殷勤，小白又不忍拒绝。

"你不生气了？"许大叔问她。

"这句话应该我问你。"

"我永远都不会生你的气。"

"你不是人类啊？"

"生气我也让着你。"

她听得心好酸。

许乐硬拖着小白去看礼物。她看中了一个小吊坠，钻石镶的，是一个小猪头像，八千多块钱。她不想让他买，又抑制不住地喜欢。

许乐刷信用卡买下来，商场没有包装纸了，许乐决定拿回去包装，在她的生日宴会上送给她。

生日宴热闹非凡。不少人发现了他的好。"他是真的对你很好呢。""他条件不差呀，月薪一万块的单位并不多，人家还是小中层。"

这些话让漂萍一样的小白心里又多了几分安定。

年轻的时候没有三观，什么都需要外界的认可。

喝得微醉回到家里，解下吊坠，小白忽然发现有点不对劲。仔细一看，后面没有标多少 K 金。

被调包了！

天哪，许乐竟然会干这种事！

小白简直不敢想象。爱情刚刚恢复的一点儿元气全部泄掉。她没吱声，佯装不知，第二天许乐打电话来约她吃饭，果断拒绝。

许乐的电话像疯子一样打来。

"我到底犯了什么错？"

"你没错，错的是我。"

"我怎么了？"

"你没怎么，是我贱。"

"你怎么能这么说自己？"

"我高兴怎样说就怎样说，没事我挂了。"

一分钟后他又发短信来：我马上到你们公司楼下，你出来说个明白。

没见过一个人这么能作死，小白决定下去听听他想解释什么。一见面，许乐就问她，我送你的吊坠呢？小白从包里掏出来，扔给他。

许乐在手里攥了一会儿，又递还给她："本来想请你吃饭的，看你不高兴，算了。"

小白不要，他硬塞到她怀里。盒子有一点点不一样，她打开一看，这个才是真货。

他在搞什么？

实在忍不住，等他走了主动打电话揭穿他："一个破吊坠，换来换去你累不累啊？"

许乐"囧"了半天，只好承认："我女儿也是属猪的，她看上给拿走了，我这个月实在腾不出钱再去买一个，只好买了个假货先给你，找机会把她那边的骗回来……"

他说，生活有的时候，真的很狼狈。

小白哭笑不得，原谅了他所有的错。

"周末去骑马爬山？"许乐问她。

小白欢快地答应了。

山下有个人工草原，许乐和小白在臭气熏天的马厩中挑了两匹马，由驯马人牵着，在草原上溜达。

马和驯马人都一副懒懒散散的样子。

小白真受不了这德行，她踢着马镫子大叫："驾！"

马忽然跑起来。

"啊，太吓人了，快停下来——"

马不听。

驯马人在后面狂吆喝。

一阵惊呼，马终于停下来，可为什么大家还在尖叫？小白回头一看，许乐从马背上摔下来了！她赶紧跑过去看，一米八大个子的男人，脸上屁股上全是泥巴，龇牙咧嘴地坐在地上。

确认他没什么大事后，她责备他："你怎么掉下来了？"

他答不出话。驯马人说："还不是因为你？"

谁见过这么笨的大叔。小白想佯装悲痛，却怎么也忍不住笑。

许乐不高兴，两个人坐在草原边上看别人骑马，他絮絮叨叨批评她："你太像小孩儿了。"

"我本来就是小孩儿。"

"我太纵容你了，你知不知道你要是掉下来有多危险？"

"好啦，别生气啦。"小白抽了一根狗尾巴草，让他把秆子含着，"你闭上眼睛，许一个愿。"

许乐把眼睛闭上，认真许愿。

小白猛地一抽，抽了许乐一嘴毛。

哈哈，哈哈哈，哈哈哈。

小白笑出眼泪。

许乐大叫："你过来。"

"不过去——"

"扶我起来，我要去卫生间。"

好吧，想想他刚受过伤，小白就过去扶他。许乐一把捉住她，把她摁在草地上吻她，嘴里全是狗尾巴草的毛，又腥又刺人。

呸呸呸。两个人接完吻，玩命扒拉自己舌头上的毛草。

谈恋爱第三个月，小白要出差去南昌。那时候还没高铁，火车要坐将近十个小时。这是她第一次出差，许乐不放心。他连夜买了一张票，站了一夜，站到南昌。

打开门看到他憔悴的样子，小白有点蒙。

"许大叔，你是有预谋的，你知道我出差只开一间房。"

"我不会碰你。"许乐倒头就睡。

小白倒不乐意了，跑过去帮他脱鞋，脱衣服，洗了毛巾帮他擦脸。

许乐捉住她的手："别勾引我。"

"送上门的还以为自己有多值钱似的。"她没好气。

许乐搂着她，细细地吻。小白闻到他嘴里竟然有牙膏味。

"我下火车就买了旅行套装，在火车站里刷了个牙，怕熬了一夜口气不清新。"他不好意思地承认了。小白跳下床在他包里一扒，果然牙刷还是湿的。

他还敢说他没预谋。小白想象着，一个大叔在火车站的卫生间里刷牙，很感动。

"我爱你。"她认真地说。

"我没钱，要养孩子，还比你大那么多。"

"我就是喜欢和你在一块儿。"

两人每天都有说不完的话，早上说晚上说，只要在一起就不停地说说说。

很多年后小白都在纳闷，怎么有那么多话呢？

许大叔放弃了一切社交，每天一下班就一路狂奔去她的出租房，一开门就叫，我的宝儿呢？

她有很多名字。她长胖了是他的胖宝，晒黑了是他的黑宝，笑的时候是他的傻宝，哭的时候是他的可怜宝。

如果一个女人能够一直保持着性格里的天真，一定是被人无边无际地宠爱着。

这样的日子过了两年，生活一点一点好起来了。

家里人催促她谈恋爱，小白不得不坦白许大叔的存在。

"不行！"小白妈态度坚决，"别让人给笑掉牙，他比我小了不到十岁！是叫我姐还是叫我姨？"

小白没挣扎，早就知道是这样的结果。

许乐问起来，她就敷衍："我能说通他们。"

但其实她心里一点儿底都没有。

2007年年末，许乐叫小白跟家里人一起吃饭。

看得出来是事先做过工作的，但他家人的脸色仍然不是太好，至少没有小白想象的那样欣喜若狂。他们虚伪地客气着，除了给她夹了两筷子菜，几乎没怎么跟小白讲话。

吃完饭许乐送小白出来。

"你家人居然不喜欢我？"她感到费解。

许乐糊弄不过去，只好承认："他们一直说你年龄太小，肯定不会疼人。"

哇，年龄小还成了短板了。小白挺生气的。这才发现人类真自私。

许乐承认家里人一直希望他跟他前妻复合。在老人心里，小老婆再年轻漂亮，也是个补丁。

小白把白眼儿翻得隐形眼镜都快掉了。

车子正好走到大桥上，许乐忽然接到他孩子姥姥的电话，让他把孩子带回去。许乐赶紧跟小白说："我把你放到前面，你打个车回去，我得去接孩子。"

"为什么？"小白不满极了。

"你不知道孩子的姥姥有多难伺候，她高兴时让我看一下孩子，不高兴根本不让我见，这次能让我带孩子回家过年特别难得。"

他一脚刹车停下来，不容置疑。

小白想起父母说过的话。她根本不可能做一个好后妈，生活比她想象的沉痛得多。

小白下车后，打不到车，大过年的，出租车特别难叫。高跟鞋磨得脚很疼，雪才化，鞋子里面湿了一半，走一步都噗噗作响。她一路走一路哭，他怎么可以这样对她，他那么疼她，怎么可以这样。

鼻子哭疼了，下了决心，算了吧。

小白开始去相亲，并且明明白白地告诉他：我，要，去，相，亲。

许乐大叫："你故意气我干什么，我能过你父母那关吗？"

"正因为不能我才去相亲，再说你父母那关我还过不了呢！"

"你这根本不是解决问题的态度。"

小白也不知道什么样叫态度。她太年轻，除了赌气无能为力。

一天有人给小白介绍了个中学老师，同龄，长得也帅。小白看了相片觉得有必要见面。许乐下班回来，小白明目张胆地打扮一番出去约会。

许乐压抑着愤怒："就这样走？"

"要不然还怎样？还要张灯结彩？"

许乐二话不说，掉头就走，留下小白一个人在家里发呆。

彼此性格里都有固执的部分。他希望她随着年龄的增长学会让步，她希望能终生有恃无恐。

随着小白越来越想结婚，彼此嫌隙越来越大。

许乐不再每天都来了。他隔三岔五才来一趟，什么也不说，不指责。一天晚上两个人睡在一起，小白问："你就是来做这事的吧？"

"我上哪儿找不到一个人做爱？"

"好哇，你去找啊！你要不去找你就不是男人！"

"你越来越不可理喻。"

"你滚，别住我家里，别睡我床上。"

许乐光着上身到阳台上抽烟，最后在阳台的躺椅上睡着了。

第二天，她强迫他把东西收拾走。他说好，他是成年人，没有那么大张旗鼓，他动作很慢，一天带走一点儿，慢慢地，他的衣柜空下来。

一个恨嫁女，很快遇到了一个传说中匹配的男人，为了急于摆脱前一段关系，她迅速与新人确定了关系。

许乐把东西搬走后，也真的很久没有再打电话来。

一个多月后的一天，许乐忽然说路过她家，想上来坐坐。

小白打开门让他进来。两个人坐在沙发上，沉默着。

过了一会儿他去上卫生间，出来后他问："你们上床了？"

"是的。"

"哦，我看到杯子里有两把牙刷。"

他的口吻淡得像说这道菜有点咸。

继续沉默。

喝了好几杯茶，许乐要走。小白站起来送他。他发现手机找不到了，小白打了看在哪儿响。原来掉到茶几下面了。她捡起来还给他，看到上面她的名字："我的宝。"

"把我的名字删了吧。"

"我知道。"

走到门口，许乐忽然回头："以后你生孩子了，把全家福发到我信箱给我看看。想知道你的孩子长什么样。"

小白喉咙很疼，忍着不让眼泪流出来。

许乐下楼了，她等在门口，她知道这是改变命运的时刻。如果他忽然跑回来，拥抱她，让她跟他走，刀山火海她也愿意去。

可是他没有。

那么正好，就这样再见吧。

2016 年夏天，小白把全家福发到许乐的信箱，然后删除了他的 QQ、手机号，一切联系方式。

不是因为新生活必须要开始，而是因为每时每刻都要努力克制着，不去想念他。

人到中年的小白，在被生活摔打得千疮百孔之后，才开始理解许乐。他曾说"生活很多时候是狼狈的""婚姻没有你想象的那么美好"，他说"生活中有太多事情我不知道怎么控制"，他说"你一定要很幸福，才对得起我放开的手"。

他说，"我请你洗澡吧"，他说"我发了两千块钱奖金，我们把它全部吃掉"，他说"我永远不会生你的气"，他说"我在火车站的卫生间里刷了牙"……

她想给他写一封很长的信，告诉他，我现在做了妈妈。原来婚姻的真实面目是这样，我也不知道我应该后悔吗，因为我并不知道如果选了你会是怎样呢。还是宁愿相信目前稀汤寡水的结局是最好的结局吧。我们都会一辈子记得那个带着狗尾巴草味道的吻，对吧，我像孩子一样快乐的样子，全世界只有你看到，而你带着这份宝藏跑掉啦。你知道吗，你是我唯一一封温柔的情书，在你之前在你之后，我都只能写出人性疮痍和世态凉薄啊。

每一双水晶鞋都会落满尘埃

在这之前，她以为她穿的是永远不会落满尘埃的水晶鞋，
并能在男人面前骄傲一辈子。
其实明白很多事情，根本不需要惊天动地的大事件，
只是生活中一个微小的波澜。

阳春三月，股市大跌，使得李佑情绪低落。每晚他迟迟不肯睡觉，对着电脑唉声叹气，间接爆粗口。常佳见状，收敛了自己一贯的刁蛮，好生伺候。

同居三年，两人感情好得有些不可思议。平日里李佑瘟头瘟脑，常佳则一副风风火火的做派，屋里屋外、为人处世，都是一把好手。偶遇李佑火气上来，她能够立刻调整心态，整个一良家小妇女，这就是天秤座与生俱来的本领。

子夜一点多钟，常佳从睡梦中醒来，眯起眼睛一瞧，李佑正在脱衣服准备上床。她迷迷糊糊地靠过去："佑，佑佑，

我想亲你一下……"

　　肉麻是两人亲热的暗示，但李佑有些不耐烦，给了她一个后脑勺。常佳叹了口气，拧灭台灯，睡觉。有多久没有做爱了？两个月？三个月？常佳觉得自己有点想不起来。过完旧历新年，就一直忙，忙到发情的春天，又赶上股市暴跌，物价连滚带爬地乱涨，对于像他们这样蝇营狗苟小心生活的小白领而言，这简直就是天大的事。两人每天扒着电视看新闻，想从中得到点好消息，但似乎于他们而言一切都没有什么变化，他们的心情从未好过。

　　正郁闷着，常佳的手机提示有短消息。是老家的一个朋友秀水，明天要来她家里小住两日，备办结婚用品。这是早就商量好的事，但是没有想到时间过得这么快。

　　第二天早上，常佳坐公交车把秀水接来。她还是那副男人婆样子，一上公车就大发感叹："好多年没来了，火车站都重建了哦，真大，我都快转晕了。"常佳笑，秀水来得正是时候，她的郁闷可以在秀水的胡侃下有所转移。

　　不出两日，秀水的东西置办完毕，准备回去。她们在省城有不少大专同学，常佳提出小聚，于是呼啦啦，当天晚上就"群鸟毕至，百兽咸集"。

吃饭的地方订在三五酒店，只要是个人就知道那儿菜价贵得离谱，但有人订，自然不需要他人埋单。秀水立刻感到自己身价倍增，美得不行。

到了地方才知道，今天做东的是从北京回来的张风速。念书的时候秀水就常说，张风速这个人，听名字就晓得是个混仕途的。于是曾一度撮合常佳跟他好。常佳当年觉得他长得贼眉鼠目极不协调，为此还骂秀水侮辱她尊严。现在看看人家张风速，年纪轻轻已是处级干部，走哪儿都有人点头哈腰，那叫一个眼红。

席间，张风速说："在我们省委里面，做秘书的，都流行称什么秘。张秘李秘，哈哈，幸亏我不姓卞！"

大家都笑。

一种和时代人物谈笑风生的幸福，温暖了在场每一个人的小心灵。常佳端起杯子："风速，你看咱这伙儿人里面，就你混得最着力，遇到机会可得拉兄弟姐妹们一把啊！"秀水也跟着拍马屁："要不了两年你升了副厅，我讨饭从你门口过，可别放狗咬我啊。"

张风速立刻谦和地站起来跟两人碰杯："过言了，过言了，说得我张某人虽脸皮不薄也不禁汗颜哪！"觥筹交错，大家三下五除二就把张风速给灌趴了。

热闹到晚上十一点多，张风速醉眼惺忪。秀水和常佳上前搀扶，张风速说："扶着我的是佳佳吗？哎呀，佳佳，你知不知道上大学的时候我暗恋你呀，这么多年了，老哥一直没忘了你，这不，到现在还没结婚呢！"

常佳心里一酸，一言不发地扶起他往外走。司机不知道什么时候来的，帮着把他扶进了车里。

常佳和秀水打了辆车回去。路上，常佳感到莫名沮丧。秀水感觉到她的不快，撞了撞她，笑："哥们儿，心都乱啦？"常佳没好气地白了她一眼，打岔："张风速今天真失态。"秀水咯咯地乐："你心里巴不得他天天这么失态，对吧？"

回到家里，李佑正在打游戏，见到两人立刻皱着眉头："你们两个野到哪儿去喝酒了？"

常佳打着哈哈："一个上大学时暗恋我的男人，请我们吃饭，知道在哪儿吗？三五！"秀水酒劲也上来了，在一边煽风点火："李佑，你可别不信，我们常佳在大学里可是班花呢，不知道有多少男人都打她主意，今天这一个，现在都处级干部了，为了等她还没结婚呢！你可得把我们佳佳捏紧点儿别叫她给跑了。"

李佑大为不悦。

秀水凑到他面前说："怎么着？怎么着？你还不信呢！今儿我们全体都听到他说在等佳佳了！"

两个女人放肆大笑。常佳不知道自己怎么会有这么大的能量，笑声令自己都觉得恐怖。如果说是因为对这段爱隐忍了太久，似乎又不像。恋爱以来，不是一直感情甚好吗？原来酒精真是会无限制地放大生活中那些蛛丝马迹的不满——其实生活从来都没有什么不妥，可是她从未感到过快乐。她看不到前景，觉得生活没有指望，日日开销需要精打细算，却又想不出能一蹴而就改变命运的办法。她时常像只寒号鸟一样鼓励自己：明天想办法做点生意，明天用点心炒股，明天多出去跑跑单，明天最好能多挣点钱为结婚生子做打算……可是生活却还是日复一日，从来没有改变过。她想，如果，自己要嫁张风速呢？

　　她为自己这个想法吓了一跳。

　　秀水在另一间卧室睡下了。常佳洗完脸，忽然想和她睡在一起。平静的生活忽然掷入了一颗小石头，涟漪一时半会儿消散不去，需要八婆的女人来帮忙排遣。

　　她躺到秀水身边。秀水翻了个身，把手搭到她腰上："哟，腰还这么细呢，不知道多少男人做梦都想摸一把。"常佳笑，她就喜欢听秀水说话。

　　正叨叨着，门外响起李佑不耐烦的声音："常佳！你有病是不是？怎么跑那屋去睡了？你给我回来！"

　　常佳尖着嗓子叫唤："不回去！我今儿就睡这儿了！"李佑却不依不饶："你不出来我进去了啊！"秀水尖叫："你还是快点滚回去吧，你男人要是闯进来了，你负得了责吗？"

　　常佳拖着枕头开门，满腹怨气。愈是她需要他来撑面子、表现乖巧的时候，他愈是不近人情，端着个架子不讨人喜欢。

　　李佑也铁青着脸，她知道他不喜欢秀水，从开始就不喜欢，刚刚见到她喝得滥醉，还把她常佳也带坏了，就更加不喜欢。

　　果然，他问："秀水刚刚说的是不是真的？那男的是干什么的？你为什么忽然想过去跟她睡？"他今天委实神经过敏，风吹草动就以为会有什么覆国灾难。常佳不欲多言，满心愤懑。李佑见她不屑，翻身上来，带着怨气，就要扒她睡衣。

　　常佳拼命抓住自己的睡衣，像抵抗强奸犯一样尖叫："放开我！你不是不想做吗！你不是性冷淡这么久了吗！我已经找人解决了！"

　　李佑恼羞成怒："谁？就是今天秀水说的那个人？"说话时，一脸认真。

　　她万万没想到他会当真，这只是她的一种示威，或者干脆就是女人的撒娇，可是他竟然，没有看懂。

　　他看着她，半晌，像弹簧一样从她身上跳下去，坐在床边抽烟，一言不发。她也恼了，她恼他竟然不懂她，同居三年了，还不懂她。这几个月来，她的不快乐，皆是因为他的冷漠。今晚遭遇一场小小风波，她的心有点乱，于是忍耐也到了尽头。其实她最需要的是他振作，好好地爱她，哄她，再与她相互鼓励着渡过生活中的难关。可是他对此全无意识，反而对恋爱中的无望推波助澜。

最后他说："你自己想好，你要走，我决不留你。"

第二天早上，常佳在公司帮秀水订了张火车票。下午请假，她回家找秀水。李佑上班去了，常佳坐在沙发上，看着秀水将新买的大红色四件套往箱子里放，一脸喜庆的模样，便掉头去清理自己的东西，咬牙切齿地要和李佑分手。

秀水狐疑："你疯了吧？是不是张风速又给你打电话了？"

常佳忽然镇定下来。好像忽然反应过来似的，她当着秀水的面，兴致勃勃地拨通了张风速的手机。这是昨天晚上张风速给她留下的号码。在这之前，她并没有想过有机会去打。

电话打通后，张风速的声音严谨而镇定："你是哪位？"大约过了两秒钟，张风速的脑子转得比陀螺还快："啊！李总啊！你好你好，好久没有联系了哦，竞标的事，我给上面打过招呼了……"常佳立刻明白过来：1，他没存她的号；2，他不方便。

挂了电话，常佳跌坐在沙发上，强忍住想骂人的冲动。尊严总是这样，越是脆弱，越是容易被人践踏，现如今已经像散场后的舞池，满地狼藉却又不知道应该从何收拾起。

秀水同情地看着在这一瞬间崩溃掉的她，许久，才慢慢地说："你别这么冲动，要不然，等李佑回来，你好好跟他谈谈？"

常佳摇了摇头，又点了点头，继续清理东西。两人都不说话，一会儿，东西就清理好了。常佳的眼泪叭叭地掉下来，她给李佑打了个电话，说，分手吧，我已经把东西清理好了。

然后，她像沙漠中一只等待下雨的土拨鼠一样，挺直了小小的身板，眼睛鼓鼓地盯着门口，等待李佑从天而降，横加阻拦。

她算了算，今年已经二十八岁了。她二十八岁的生活，真是一团糟，没有爱情、事业、钱，连青春和美貌都变得不值钱起来。在这之前，她还一直像一个天真的女生一样隐隐以为自己是公主，以为她穿的是永远不会落满尘埃的水晶鞋，并能在男人面前骄傲一辈子。其实明白很多事情，根本不需要惊天动地的大事件，只是生活中一个微小的波澜。心酸，想哭，但是生活还是要继续。幸好，过去的生活，真的没有什么不妥。

在这一年的这一天，常佳像一个已婚妇女，开始学习最大限度的，妥协。

每一场自以为是的爱情都是练贱的

能够得到幸福婚姻的女人，
并不只是靠运气，
而是她们在年轻的时候就懂得培养自己只喜欢好男人的本领。

下班，阚敏和一个昨天刚来的小同事结伴回家——两人今天中午共进午餐时才知道原来住得很近。小女孩儿葛蓝大学毕业，和男友准备结婚，同居在离葛蓝家不远的一个高档小区里。

葛蓝对她充满了好奇，起因是今天公司组织对灾区捐款，她捐了一千。女孩儿皮肤挺白，五官普通，扎着头发，小小的脑壳从后面看像一个逗号。她看不出她身上有什么特别的气质，可是她居然能找一个在成功花园买房子的男友。那里面的房子每平方米是一万二人民币起步。

路过超市，葛蓝说："我要捎点菜回去做饭。"

阚敏告诉她，前面就是菜市场，菜市场的菜要比超市里面多多少少便宜一点儿。说完她就后悔了。葛蓝在成功花园住也不是一天两天，不会连菜场在哪儿都找不到。

果然她说："没关系。"

很轻的三个字，不带半点倨傲和轻蔑，却令阚敏感到自己迅速地猥琐下去。年长的女人在小女孩儿面前总是会有一点点本能强势，尽管带着热情，却也喜欢有所指导。但是在这个小女孩儿面前，阚敏感到自己有些不悦。因为她总是能轻易却友善地扼杀了她的强势。

正好阚敏也要买菜。她跟在她后面进了超市。可能是为了挽回一点儿自尊，或是别的什么原因，她顺便把菜买了。走出超市等的士的空，阚敏把话题跳到了葛蓝男友身上。

到底是没有城府的小姑娘，她诚实地告诉阚敏，男友在一家外企做事，收入颇丰。更令阚敏嫉妒的是，她的男友家境甚好，父母经营一家加油站，男友许诺在她今年生日的时候送她一辆乐风。

阚敏脱口而出："那你为什么还来上班啊，我们公司这么累。"葛蓝说："我上班不是为了钱。"原来男友在教她投资，葛蓝年纪轻轻便在一家餐厅入了股份，每月坐享其成，收入超过工资。

阚敏简直嫉妒得心痛。年轻的时候，她的容貌虽然还称不上羞花闭月，至少比葛蓝现在的样子强上百倍。那个时候她也曾想过要嫁一个有经济实力和能力的男人，但是很偶然的一天，她听说张城对她有好感。张城工作一般，收入不高，还很大男子主义。但阚敏觉得和他交往总比没有恋人要好，于是又约会了几次。随着见面次数的增多，感情莫名其妙地就产生了，然后稀里糊涂地就嫁了。

面对所有人的惋惜，她曾言之凿凿："没错，我就是嫁了一个条件不怎么好的男人，因为条件不是那么重要，只要两个人一起努力，就一定会获得幸福。"

可是直到现在，她仍然贫穷得连孩子都不敢生。而张城好像还有别的女人。她三十二岁了，每天晚上想到这不幸的生活，就想到一个荒无人烟的地方大哭一场。

回到家里，洗菜、倒油、炒菜。饭做好了，张城还没有回来。打电话过去，他手机关机了。

这样的事情已经再平常不过。夜里他回来又会借口手机没电，并拒绝她检查。但是如果不做他的饭，说不定他又会突然像幽灵一样冒出来，对她大发雷霆，并上升到她不把他当人看的高度。婚姻每天就是吵吵吵，五年了，阚敏已经从一个对爱情充满憧憬的小女孩儿学会了如何积极地处理家庭危机而不是坐以待毙，如何在小型争执中自圆其说，并在大势争执中保持低调，自觉规避风险。

一个人的晚餐吃到一半，张城回来了，端起碗就吃，顺便打开了电视。

电视里正在重播昨天晚上的赈灾义演，两个灾区的小姑娘痛哭流涕，阚敏看着看着，也不由得泪湿。张城却有些不耐烦，换了一圈台，愤愤不平："怎么每个台都是这？还让不让人活了？"然后说："游戏玩不了，电影看不成，前天捐了钱，今天又叫捐，老子真崩溃。"

阚敏震惊地看着他。他一脸烦躁，他没有在开玩笑。这场让每一个人落泪的大灾难，却令他生出抱怨。她感到一种难以名状的情感。失望，愤懑，最大的还是灰心。

阚敏默默地收拾好了碗筷。今天在公司捐钱后，葛蓝还曾提议，自己的衣服太多，扔了又可惜，不如女同胞们一起把衣服捐给灾区。她的提议得到了大家一致赞同。她的男友还准备等灾情过后去一趟四川，看看那里的孩子们，一对一地帮助灾民。于是大家都想结伴同去。在那一瞬间，温暖和感动，能够帮助别人的快乐，溢满了每个人的心。她无论如何也没有想到，结婚了五年的张城，竟然是这样的冷漠。

洗完碗正在擦手时，忽然听到张城在卫生间接电话。隐隐约约，听不真切。阚敏忽然冲动地想抓住他的把柄。她贴到墙壁上，听到他在和他的狐朋狗友们讨论哪家的小姐长得既漂亮又敬业。

他说："所有的娱乐场所都关了门，真没劲。今天中午我去洗头，看上了一个小姐……"

阚敏踉跄了一下，慢慢地，顺着冰冷的瓷砖滑了下去。

在最初的最初，她爱他什么？第一次见她，他就冲她吹口哨，然后告诉全天下的人自己喜欢她。他与别人喝酒吹牛、吃饭时调戏服务员，她觉得有趣。他为她打过一次架，为了娶她与她的父母发生了严重口角，她觉得荡气回肠。在刚结婚的时候，他还是她心底一个奇特的英雄，带着她小小的心来到一个奇特的地方，像是一只不知要驶向哪里的船，一座被烧毁的教堂，一次马上就会面临生离死别般的邂逅。他的气质所传达的，都是非常时刻的非常信息，她知道他们经历的，也肯定将是非同小可的爱情，是生命中最大的自由与放纵的体验。

她默默地，坐了起来，没有吵，没有闹，只想出门去走走。

在花坛边坐下来，阚敏翻阅手机，找不到可以打的电话，找不到可以倾诉的人。一页一页翻下去，她看到了葛蓝。

迟疑着，发了一条短信给她："你在干吗？我和我老公吵架了，心情很不好。"

葛蓝很快来到花坛边，和她的男友。刚才她正在自家楼下练车，男友做教练。阚敏抬头看了一下男孩儿，二十七八岁的年纪，长得并不好，个子也不高，但是目光纯和、头发很干净。

　　两个女人在花坛边坐下来，男孩儿打过招呼便开车离开了，临走时询问葛蓝要不要自己来接，得到否定答案后叮嘱她回家时要小心。

　　阚敏不知道能跟她说什么，她还只是一个孩子。但是她的幸福那么光鲜地洋溢在脸上。

　　她问她："你跟你男友怎么认识的？"

　　她说，图书馆里认识的，一见钟情。

　　阚敏自嘲地笑了，她很难想象自己会跟那么不英俊的男人一见钟情。张城虽然一无是处，至少他还英气逼人。

　　她又问："你对你现在的感情生活觉得满意吗？"

　　女人在受挫的时候，总希望找到更受挫的女人来求得心理平衡。但可悲的是她没有遇到。葛蓝告诉她，自己觉得挺幸福的，虽然经常被男友严厉地批评。他教她理财，教她不琐碎、客观地看待事物，教她相信温暖、美好、信任、尊严、坚强这些老掉牙的字眼，教她不流于小伤感，教她认识到在生活中，思想、境界、灵魂、精神和智慧，这些才重要。

阚敏看着她。她仍然算不上是一个漂亮的女孩子，但是与她相处多了，会发现她的真诚，大方，不造作，她的阳光可以感染每一个和她说话的人。

阚敏忍不住哭了。她想起自己为张城一个人去医院流产，挣钱给他买好烟装面子，他因为打架而被拘留，她找了一百层关系去打点，用尽全部积蓄。然而这些话，自己却不能对任何人言说。她哭得弯下腰去，曾经，这样的生活带来的疼痛，使她仿佛变成一个有着受虐倾向的人，对心痛的感觉上了瘾。当生活逐渐平实下来，尽管有失望，却也没有绝望。可是这一刻，她忽然看到了自己被他折磨到荒芜的心，彻头彻尾地绝望了。

葛蓝一直在旁边安慰她，尽管她一直，什么都不肯说。

最后她问葛蓝，你会喜欢上坏男人吗？葛蓝非常吃惊："我为什么要喜欢坏男人啊？两个人最初都是在和爱情相处，时间长了，就是在和道德相处，这点我还是知道的。"

她惊异于她小小年纪就看得如此通透。她选对了人，于是人生改写。可是自己呢？

是的，每一场自以为是的爱情都是练贱的。

哭完了，阚敏接过葛蓝递过来的湿巾，问她："我是不是挺丢人？"

葛蓝摇了摇头："谁没有难过的时候呢？你放心，我不会告诉任何人的。"

她的懂事令她欣慰。阚敏将她送回成功花园，十分钟的路程里，她再也忍不住说起丈夫嫖娼。

他一无是处，他永远不准时，永远虎头蛇尾，永远依赖人，永远欠债，永远理想主义，永远觉得自己是最棒的，却永远懦弱，永远逞强，永远树敌，永远不放过一丝可以有艳遇的机会，却永远要求别人原谅自己。

她为他付出，耗尽了自己的能量，永远被批评、被斥骂、被要求、被掏尽所有，却得不到他百分之一的爱。这五年里，她每一天都哭，如果有一天没有被他指责，她都要感谢上苍，让自己度过了有惊无险的一天。这种极度自虐的付出，看似璀璨而刺激，可依然什么都没有换来。

葛蓝轻轻拥抱了她一下。阚敏感到她小小的身体是那么柔韧。她终于明白，能够得到幸福婚姻的女人，并不只是靠运气，而是她们在年轻的时候就懂得培养自己只喜欢好男人的本领。而自己，却还停留在动物的心态：只爱英俊的，兽性的，难以征服的。

送她到小区后，阚敏看到葛蓝的男友一个人坐在路灯下等她。鹅黄色的路灯使他看上去温暖而美好。

一个人回家的路上，她想，在这个认识了她的晚上，一切都改变了。

走进家门，张城又不见了踪影。阚敏在电脑前坐下来，开始拟定离婚协议。

成年人是不会轻易为谁流泪的

成年人是不会轻易为谁流泪的，
眼泪流出来，那个人就算从生命里离开了，再也不奢望捡回来。
人活着，都是图个犯贱和克制犯贱的感受罢了。

丁喜去厦门出差。飞机上，刚从卫生间出来就遇到气流，她仓皇地奔回座位，经过一个男人后，听到他大叫："女士！女士！"

她并没有意识到是叫自己，直到觉得衣服不对劲，回身一看，织得松松垮垮的大毛衣挂在男人的外套拉链上，这一走，一根线挂出一米多远，下摆缩成了一个球。

丁喜赶紧折回去，把线解下来，回到座位上抻平它，却怎么也抻不成原样。

丁喜回头瞥他一眼，男人也正在看她，他双手合十，做出抱歉的表示。

男人理了一个利索的平头，胡子刮得干干净净，四十多岁却并没有臃肿感，衣着体面，眼神平和。

丁喜的气消了。

下飞机时，看到男人走过来，她才起身，插队。男人给她让出位置。

"这么好看的毛衣。"他口吻里透着真诚和惋惜，没有中年男人的少廉寡耻，"我赔给你吧。"

"你赔不起。"她想打破他的彬彬有礼，故意说，"前夫送的。"

"哦，"他想了想，"我前妻从没送过我东西。"

两人一起笑了。

他们竟然预定了同一家酒店。她在 8 楼，他在 12 楼。

男人叫简杰，在一家动漫公司上班。商务车来接，叫他简总。丁喜没推辞地跟他上车，坐在后排聊天，带着欣喜又保持着分寸。中途他接电话，会有礼貌地先对丁喜说不好意思；帮她拿行李时，会避免轮子在不太好的水泥地上咯噔，一直提到大厅门口；行李员慌张地跑过来，他的手抬到胸口晃了一下表示没关系……

一个得体的男人，不是猎女人的好手，就是女人们的好猎物。

因为晚上各自有饭局，他们便在电梯里道别，约了晚上9点钟到露台上喝咖啡。

丁喜来到房间里，第一件事就是直奔卫生间去照镜子。三十二岁的女人，眼神还算清澈，妆容也还精致。她对着镜子妩媚地一笑，想着他看到她的感受。

9点钟两人出现在露台上时，都刻意收拾过一番。小提琴手在不远处拉一曲《我像雪花天上来》，像是用了很多感情进去，忧伤极了。两人用目光交换了这一丁点儿感动。

"这么浪漫，被你现任丈夫看到，会不会有想法？"坐定后，他先探底。

丁喜把自己的手伸出来，没有婚戒："我现在单身。"

简杰不好意思地用手拨弄着自己的婚戒，停顿了一会儿，坦白道："其实我还没有离婚。"

"哦?!"丁喜有些懊恼，但又没法生气。他完全可以骗她到12点钟，直到高潮的痉挛结束。

"她带着孩子去了温哥华，我找不到她。"

"多久了？"

"一年半。"

"为什么？"

"当时我要投一家公司，她不让，吵得很厉害，就把钱带走了。其实也不多，三百多万。"

"那现在呢？"

"现在的公司？"简杰抬头，耸了一下肩，"全是借钱做起来的。目前还挺好，债已经还了一半。"

小提琴手换了一首曲子，是东野圭吾《宿命》的主题曲。简杰不再说话，不知道是为了听音乐，还是为了给她时间挣扎。她只知道他在默默地看着她。

丁喜打破沉默："你也看东野圭吾？"

"最爱，之一。"

丁喜叹了口气："其实我不喜欢这种建立在病态感情上的人设。他的《嫌疑人 X 的献身》确实精彩，可是那种爱是盲目的，我没有看到支点。"

简杰靠在沙发上的身子俯过来，示意她继续说。

"一个男人会为了一个几乎没有说过话的女邻居动用这么高的智商杀人？还有茨威格的《来信》，一个女人可以用一生爱一个男人？我更没法理解《朗读者》，女人为了在少年面前保持虚荣，不惜多坐几年牢……主人公有病，文学作品去渲染这种病。"

她表明自己的立场——反正我很现实。她不知道她在气势上有没有赢。男人让女人不舒服了，女人就会变得刻薄。刻薄让丁喜多多少少维护了一点儿骄傲。

"丁喜——"简杰的声音充满感情，他们的关系在这一声呼唤里发生巨变。简杰站起来，"我给你弹首曲子吧。"乐队里有个男孩儿抱着电吉他等上场，简杰到吧台说了些什么，提琴手下台后，简杰从吉他手那儿拿过吉他，弹《同桌的你》。

露台上另两桌客人知道他不是专业选手，他们饶有兴致地看着他，有时候回过头来看一下丁喜的表情，猜测这对恋人之间发生了什么事。他弹得并不好，但丁喜的骄傲已经溃不成军。

简杰下台的时候，丁喜看着他笑吟吟地走过来，霓虹在他背后闪烁成温暖的光晕，她知道她理性的城堡，怎么都不可能守得住。

第二天约在自助餐厅吃早饭。简杰的法令纹好像深了一点儿。

"没休息好？"她问他。

简杰皱着眉头："楼上的卫生间漏水，滴滴答答一夜……这家酒店客房满了，乙方给我安排了新酒店。"

丁喜怅然若失。

简杰用手指轻弹糖包，把糖抖落在咖啡杯里。他慢腾腾地喝了一小口，才说："不过我拒绝了。"

"为什么？"丁喜用不咸不淡的口吻压抑着喜悦。

"我也不知道……"他明亮的眼睛看着她，"或者……可能有些小说，从开始必须建立在有病的人设上？"

丁喜正在撕包面的手停下来，扑哧一声笑了。

傍晚两个人都没事，去海边拍照。跟海南相比，厦门的海是浑的，巨浪打在耸峙的礁石上，更气势磅礴一些，更感情复杂一些。

风太大，简杰帮丁喜拢着围巾。"喂，"丁喜转过头在海风中大声问，"想过找你老婆回来吗？"

"心不在，人回来有什么用？"

呼啸的风把他的声音拉得很长。

两人走了一截，简杰的手慢慢攀上她的肩膀。

这是一只温柔的大手，抚摸在枯树上都能让它开花。

丁喜忽然觉得人生苍茫，就像在这浩瀚而雄浑的大海面前，她又算得了什么呢？所以为什么要太计较得失呢？喜欢就勇敢吧，管他明天会如何。

晚上换了一家西餐厅吃饭。红酒上来，简杰滴酒不沾。他说他睡眠不好，在吃一种叫"思诺思"的西药，不能喝酒。

"睡眠不好，还怎么在那个房间里住？"丁喜鼓起勇气说了半句，敞开着话口等他的下半句。

"那我去你房间里住？这不太礼貌吧？"

"太不礼貌了。"她笑着说。

简杰拖着皮箱过来，这个干净整洁的男人，每一双袜子都叠得一丝不苟。丁喜听着他在卫生间里洗澡，传出剃须刀转动的声音，她干涸太久的爱情回来了，像雨打在龟裂的土地上，有些疼。

两个穿着睡衣的人，先从头发吻起。中年人的性生活不像年轻时那样如饥似渴，更多的是一种缠绵和接近，为了抵御孤独。身体也不像二十多岁时有一种丰盛的敏感，略微的迟钝带着些伤感的韵味。那种快乐更深沉，不再是从盆腔出发，而是从心底。

简杰搂着她，问她目前的生活状况。

其实她过得不太好。一个女人独自带孩子，力不从心。找全职保姆的话月薪六千块以上，几乎占去她收入的三分之一，暂时她只能用得起钟点工。不过她没有跟简杰吐槽太多，她还没有成熟到，能用一种不抱怨的口吻来陈述自己的生活，她控制着自己。

简杰沉默了一会儿说，早上去办事的时候，路过商场看到了一串特别漂亮的珍珠项链，很想买给她，可是又觉得和她气质不搭，大约等到她八十岁的时候才需要那种雍容的贵气。所以他记下了价格，决定把这笔钱给她，等她八十岁的时候他陪她来买。

简杰打开微信，转了四万六千块钱给她。

他俩躺在一起，在同一个枕头上。

"你这是干吗？"丁喜扫了一眼手机，身子猛地后趔，看着他。

他抢过她的手机，替她收下了。

他将震惊的丁喜搂到怀里："你八十岁的时候我就九十二岁了，到时候记得扶着我点。"

真是不可思议。

丁喜想笑，却有鼻涕流出来。她推开他，推不动，用力捣了他一拳，那意思是你怎么现在才出现。我等了半生之久，一直渴望的就是你这样的人，好吧，明天就算被你骗了，一早就被挖心挖肝，也是值得。

从厦门回来，简杰和丁喜谈起了中年人温暾醇厚的恋爱。一起健身、吃饭、看电影。一个月后，简杰邀请她到自己家里来住。简杰换了一个能带孩子的保姆，丁喜也把钟点工辞了，简杰说反正两个钟点工的工资跟住家保姆差不多，丁喜还可以把房子租出去赚些零花钱。

日子好得像梦一样。

简杰的公司也蒸蒸日上。他没有恶习，财物的百分之八十用来还账，剩下的家用。

小区门口新开张了一家火锅店，那天简杰下班很早，叫丁喜带儿子跟保姆一起来尝鲜。他是一个对生活充满热忱的人，对美食和美好生活有着无尽的探索与好奇。

他的一切都符合她对美好生活的渴望。

简杰不喝酒，丁喜高兴，喝着喝着，就喝大了。

不顾孩子在场，丁喜拿着酒杯在简杰面前晃："你说，你这么好，你前妻怎么会，不要你？"

"好吗？"他说，"她一直觉得我窝囊，缺乏斗志。"

保姆在旁边，嘴巴发出巨大的咀嚼声。

丁喜凄凉地笑了一下："你们怎么可能，完全没联系？"

"生菜烫一下就可以吃了。"简杰往丁喜和她儿子碗里夹生菜。丁喜不再说下去。酒醉心里明。她有点难过，当然太不合时宜。

气氛越吃越不对，一行四人早早回去。丁喜酒醒了一点儿，简杰给她现榨苹果汁，坐在床边看着她喝。

丁喜借着酒意质问："你能找到她，对吧？"

简杰坦白："孩子姥姥能。"

"你为什么不去找她姥姥？"

简杰不说话，他一直逃避这个问题。

他不想找？不，绝对不是。他在等她回头，证明他的好。那她丁喜是什么？他确实动了真心，她顺势而为想乘虚而入打败女主人，他们俩都在等待着，看她能不能。毕竟他想解脱，她想成功。

他们是战友，是同盟，他们的敌人是同一个人。只是他们都知道，他随时可能会做叛军。她并不知道自己有没有能力收服他，她只是努力去试，越试越心慌。

夜里，一切都静下来，丁喜听着空调发出呼吸一样的声音，忽然觉得想哭。这种感觉和他在一起有很多次，第一次应该是他给她项链钱的那个晚上。但她从始至终没有哭出来过。成年人了，不大容易痛哭流涕，坏的情绪快要触到阈值，总是自己克制着慢慢就降了下去。激情是暂时的，日子是索然的，过着过着，就要硬着头皮过下去。

简杰的公司在一部电影首映式上做了一个 Cosplay 的活动，高校学生踊跃报名，活动进行得如火如荼。

各大媒体报道之后，公司的运营进入一个新境界。以前是他们到处找人合作，现在是在办公室研究先拒绝谁。

简杰的加班多起来，一天半夜接到电话，他的口吻里充满不耐烦。

"我要把手机调静音。"他恨恨地说。但是还是没有调。过了一会儿，又一个电话打进来。房间里很静，丁喜能听到电话里淡淡的女声。

他夜里也从来不让手机静音，可能就是潜意识里为了等这个电话。

女声说："我在网上看到你了。"

"哦，孩子还好吧。"

"挺好的，你呢？"

"挺好。"

"你是怎么撑到现在的？"

简杰拿着手机，走向卫生间。

丁喜听不清他具体在说什么，只听见他语气一会儿愤慨，一会儿讽刺，一会儿哀伤。她从来没听过他情绪变化这么大地跟自己说过话。山雨欲来风满楼。她很想下床去偷听，又觉得这样太有伤尊严。她付出这么多，难道还不如一个卷走了他全部钱财的女人？她在床上坚持着，眼泪上来了，咽下去。

半个小时后，简杰上床来，丁喜装睡。

简杰吃了药，辗转反侧，然后又加了药量。这是第一次。

简杰没有什么变化，除了夜里的电话变多。丁喜想，如果是自己，一定会照顾他的感受，不会在北京时间的半夜打电话过来。人真是贱啊，无论她多么死心塌地，连孩子都卷进来，他还是等她。

8月的一天，简杰叫丁喜一起去看电影，回来的时候给她买了很多东西，孩子的，她的，还给保姆买了一个袖套，表达着他对这个家的依恋。

回去的路上，他不小心闯了个红灯，正好警察在那儿，把他叫到安全岛上，开罚单。

"这里没有电子眼吗？"他问。

"没有电子眼你就不遵守交通规则了？"

"我不是这个意思。"他说。

"靠自觉是很难的。"警察一边说，一边将罚单递过来给他签字。

"靠自觉是很难的。"丁喜笑道。通过这么久以来简杰对妻子只言片语的描述，丁喜也不知道自己哪里不如她，心狠不如她？坏不如她？总之面对这样一个看不见的对手一直是失败，他永不自觉，她一败涂地。

简杰看她一脸凝重，他再说什么也打岔不了，他知道到了应该坦白的时候。他一边开车一边轻描淡写地说，他想卖了房子和车，去温哥华。他老婆在那边炒房，做得挺好。

"你从来没想过正式离婚吗？"丁喜问他。

简杰语塞。

说想过对她是侮辱，说没想过更是侮辱。

两人回家，丁喜当着简杰的面打电话叫房产中介续约，她要搬回家。简杰坐在旁边，假装没有听到。

第二天早上，丁喜的东西收拾了大半，简杰起床看到，问她："怎么这么着急？"

"自己不着急，难道等别人来赶？"她没好气地说，尖刻能缓解她的疼痛。

简杰站了一会儿，忽然一把将丁喜搂在怀里。

"丁喜。"他痛哭起来。

他一哭，就完了。她知道，成年人是不轻易流泪的。他的心，走了。

他松开她，去衣柜里找东西，过了一会儿，他拿出几个纸袋，丁喜看出大概有十万块钱。

"我放了点钱，给你用。以后，你一个人不容易……"

丁喜倔强地站在那儿，不知道要不要接。

简杰把钱硬放到她的行李箱里。

丁喜强忍着眼泪，继续往行李箱里放衣服，一件一件扔到钱上面，覆盖它。

人到了一定年龄，都要相信人活着都是在活片段，美好是片段，悲愤也是片段。

她那么爱他，一心一意地爱着，有激情还有亲情，又有什么用呢？

放他去吧。

丁喜执着地，把所有的东西都放进去。没用完的洗面奶，她的牙刷，半块洗脸皂……厦门海边，他弹完一首歌走向她的样子，那个深夜的记忆，平和温暖的生活……箱子咔咔拉上，她的心静了。

人活着，都是图个犯贱和克制犯贱的感受罢了。

半年后，丁喜的生活照旧，经常出差，孩子读了小学，保姆又换成了钟点工。简杰的消息从这个世界上完全消失。一天深夜，丁喜的手机忽然响起来，简杰的声音那么熟悉："小丁，你在地产局有人吗？"

　　原来简杰的房子是婚后买的，因为不好贷款，当时在银行的示意下办了个假离婚证，现在被地产中心刁难，需要他用钱和人摆平。

　　丁喜的弟弟在地产中心工作。她答应帮简杰给房子办好过户。简杰说他过两天回国。

　　那是丁喜最后一次见到简杰。他的背驼了，有一种幸福生活中的男人懒惰的样子。

　　原来人的神清气爽都是装出来的，一旦生活平静安全，就失去了气宇轩昂的动力。他灰色的夹克上有些头皮屑，白色衬衫的领子也有些泛黑。丁喜从来没想过他也会变得这么平庸。他卖了房子就要回温哥华，吃了这顿饭就要走。

　　丁喜忍不住问他："你真的在商场看到有一条项链四万六吗？"

　　简杰笑道："哪有，逗你的，我当时卡里面钱不多。"

　　然后说："我还记得厦门的机场，第一次看到这样的机场，离海这么近，降落的时候我真害怕会落到海里。"

　　她说："是啊。没想到那酒店还会漏水，那么好的酒店。"

　　谈话很潦草，全然没有痛彻心扉感。也许对于有些男人来讲，世界上除了虐他的那个女人，其他的女人用情再深也是海市蜃楼。

简杰走后，丁喜到卫生间里整理容妆。她三十四岁了。一眨眼，两年过去了。

她的背比两年前厚了，妆也有些浮了。她老了。这一瞬间就老了。她看着镜子里的自己，哭出声来。世界上还有一个人需要她美吗？还有人值得她美吗？她从没想过自己会为谁哭。泪水真的奔涌而出才反应过来，哭是一种释怀，哭是一种放下。

成年人是不会轻易为谁流泪的，眼泪流出来，那个人就算从生命里离开了，再也不奢望捡回来。

是的，无论她对他有多好，她胜出对手有多么多，只要对手一声召唤，他便全力以赴。所以，只是在那一刹那，她懂得了一个女人凄惶的一生。她爱的，终将失去；不爱她的，终将放手。还有什么剩下来吗？只剩美好的片段像宝石一样，忧伤地在时光的河床上，沉溺。

Part ⟨2⟩

通往幸福的路，
五花八门

作作更欢乐

人间正是因为有喜怒哀乐，欲望不能完全满足，
你爱的人一点儿都不听使唤，才好玩。

之前，一个有过一面之交的小丫头忽然跟我热络联系上。
她主动加我微信，朋友圈里玩命晒幸福，还一次次地告诉我：
"张 × 向我表白了！""张 × 给我买什么什么包了！""张 ×
说要带我去韩国买东西……"

其实我连张 × 是谁都不知道。

但是我跟她前男友李悦是好朋友。我隐隐觉得她是想通
过我传达点什么。于是我去扒了一下她的朋友圈，确实新男
友比李悦英俊多金。

我没应茬。后来几天，跟其他的几个朋友聊天，大家纷

纷吐槽，那丫头是不是疯了？

有"缺电者"跑到李悦面前去说了这事儿。没几天，李悦也开启了臭显摆模式！和蛇精脸各种秀，蛇精脸的超级大胸顶着他的胳膊！一个以前挺正常的男人忽然变成这样好可怕！

他们在比赛吗？

明摆着叫我们从中传播啊。

听说他们互相已经拉黑了，于是我就很配合地从中间传话。

李悦，你前女友越长越漂亮了哦，她找的新男人好棒啊，你要不要看看照片呀。

他说，滚你大爷的。

哈哈哈哈。

我还跑去跟那丫头聊天，李悦现在过得很幸福，听说他新女友是高官独生女，不过你现在也很幸福，你们俩都挺旺前任的，其实世上最好的感情呀，并不一定是百年好合，而是双方都找到了更好的，么么哒……

两个星期后的一天，一个朋友叫我出来吃小龙虾，我看到李悦和他的前任羞涩地坐在一起。

最近再没有什么事比这件事更搞笑了。龙配龙凤配凤，老鼠配老鼠会打洞，祝你们这对二货白头到老恩爱万年。

为什么我一点儿也不觉得这种幼稚的行为很讨厌，而是觉得那么好玩呢？

最近老看各种鸡汤教女人不要作。

通过这件事我就发现，人还是得作，"作"是一个有活力的字眼儿，作作更健康，作作更欢乐。

加缪说，幸福本身就是长期的忍耐。

意思就是一旦幸福时间过长就哪有幸福可言啊？

看过一个故事，讲一个熊孩子特别向往天堂，家里人怎么开导都不行，来了一高人指点道，把家布置成白色，每个人背个翅膀装天使，他要什么给他什么。果然熊孩子一觉醒来，想吃什么来什么，想干吗就干吗，不到一个星期他就崩溃了，嚷嚷着天堂太没意思了，他哭着要回人间。

人间正是因为有喜怒哀乐，欲望不能完全满足，你爱的人一点儿都不听使唤才好玩。

你气我，我气你，我的醋瓶子翻了，你来扶一扶，一歪一扶，爱情的味道就出来了。原本想气死对方的两个人，又和好了。

鱼顺顺有句话说："有些女人，年轻时以嫁人为人生目的，好不容易嫁掉了又以看住男人不出轨为婚姻任务，婚姻解体后又以嫁个不比前夫差的男人为奋斗目标，这样的人生观何其拧巴，必须纠正。"

能纠正的人，伟大。不能纠正的人，可爱。

通往幸福的路，五花八门，没有什么教科书。

想想我这种八婆的行为还挽救了一对相爱相杀的幼稚青年，真是心情很好呢。

这个故事告诉我们，遇到情侣俩闹别扭相互刺激，我们一定要从中传话，功德无量啊。

世上没有无缘无故的爱情

人类生来孤独，四处贪图，多数人贪图不到就责怨。
其实少问问世界为什么势利，多问问自己凭什么得到，
世界就会变得更好。

　　一个读者跟我说她以前是个舞蹈演员，得过省级奖，原本前途无量。男友是学理工的，七年前就年薪二十万左右。郎才女貌，这段感情被所有人祝福。结果六年前的一场车祸，女孩儿脚踝粉碎性骨折，不但舞蹈生涯结束，连走路都一边腿长一边腿短。在最痛苦的时候，男友离开了她。

　　她很多次想到死。她说那段时间她躺在医院里，整夜地睡不着，就看着楼下的路灯从开到关，天又亮了。

　　女孩儿家里给她请了很厉害的律师，一共索赔两百多万。

　　女孩儿也一直在坚持理疗，经过几次大手术，现在走路

慢一点儿的话，基本看不出来跛。

男友在这个时候又回来了（其间他也在外面找了一圈女朋友，都不合适）。

立刻很多人跳出来反对，认为全世界的男人死光了女孩儿也不应该再选择这个男人。但是女孩儿经过深思熟虑，还是重新接纳了他。现在他们已经结婚，日子过得平淡幸福。

"当生活没有遇到考验的时候，我们真的很合拍。"女孩儿说，"就算换一个人，怎么保证生活再不遇到考验呢？"

"爱情在很多时候的体现不一样，有的夫妻俩平时又吵又打，生死存亡的那一刻丈夫把生的希望留给妻子；有的爱情在日常生活中特别好，一到关键时刻就退缩了。想要两全很难。"

她还说了很多男方回头的理由，比如不仅仅是看中她的钱，还由衷地觉得她很坚强，以及他自己也有负罪之心，等等。我也觉得这些话应该有它真实的一部分，哪怕很少。很可贵，这个女孩儿除了看到黑暗还看到光亮，理解冰冷世事，从此不会再相信世上有灰姑娘。她知道自己必须变好，不拖累任何人，不说光芒万丈，至少也要与人匹配，才能理直气壮地拥抱生活。

有点心酸不是吗？我们曾经都是相信琼瑶的人，最后都被生活伤得千疮百孔，最终失去了信任的乐趣。

但是我们马上又找到其他的乐趣，那就是明白世上没有无缘无故的爱情之后，我们不会变得懒惰、依赖，而是要毫不懈怠地经营自己。

　　也有极少数真正伟大的爱情，那都是写进小说戏剧，要千古传唱的，而且大多数人，配不上那么伟大的爱情。

　　人们喜欢说"势利小人"，势利是这个社会的常态，与小人没有什么关系。以前我没写公众号的时候，我到处找出版社给我出书，恨不得跟编辑磕头求求人家看看我的稿子，编辑对我爱搭不理；现在公众号做大了，一个我以前求过的编辑来找我约稿，微信里各种飞吻比心；以前我没钱的时候，大雄对我颐指气使，他开个酒店招不到服务员就喊我去端菜，一天给我开七十块钱的工资还觉得对我是天大的恩赐；现在我脸一黑他就马上自我检讨。我有一个做公众号的朋友说她公婆看不上她，从不到她家里来，现在她年入千万，公婆看到她都哆嗦。

　　你要问我过去那些事情，有没有让我心怀芥蒂，我可以毫不思索地回答：没有，只有利益，任何出版商，只要给我最大的利益，我们就可以合作。我的男人，只要调整好自己，同样努力进步，不嫉妒不懒惰，我们就会一直携手。势利不是一件坏事，在事业上它让我们不懈地努力，以免一生碌碌无为；感情上它让我们一直存在危机感，而不是只想以"爱情"之名去占便宜。

我们要用一生学习握手。懂得合作和价值交换的人，远远走在前沿。

人类生来孤独，四处贪图，多数人贪图不到就责怨。其实少问问世界为什么势利，多问问自己凭什么得到，世界就会变得更好。我喜欢文章开头那个女读者，她用温柔抵御世间冷硬，理解、开阔、明了、不计较，今天仍然活得像花一样美好。

我曾放纵不羁，
也曾是良家妇女

当一个男人认为不花钱就能发生性关系是捡便宜的时候，
他往往就捡不着便宜。

有人问我，真的有女人会在第一次见面的时候就跟一个男人上床吗？

当然有！

而且这种女孩儿从表面上根本看不出来。她们不是那种打着一排耳洞、瘦骨嶙峋、走到哪儿都叼着烟的形象。她们甚至有的看起来很贤良。

当然绝大多数女人不会，大部分女人还是需要引诱的。需要男人花钱，使用真心或虚情假意，表演出风度翩翩，然后她们觉得自己遇到了感人的爱情，这才肯委身。

第二种觉得第一种太不要脸，第一种觉得第二种太装。她们相互看不起。有很多第一种是从第二种进化而来的，她们也经过了磨磨唧唧相互欺骗的阶段，最后她们发现纯属浪费时间，所以她们就懒得套路了。

　　我的一个男性朋友说，为什么我从来没碰到过这种好事儿？

　　你看，当一个男人认为不花钱就能发生性关系是捡便宜的时候，他往往就捡不着便宜。因为他跟那种觉得性关系是你情我愿友好相爽的女人根本就不在一个次元上。他们相互遇见了也看不见。这种男人就只能花钱和靠嘴皮子去蒙蔽女人们，这个过程让他感觉可靠、可控、安全。真忽然上来一个女人跟他说别聊废话你就说约不约，他会吓跑的。

　　有些人提倡女性的性自由，有些人不提倡，毕竟在性方面女性是弱者。我今天要讲的是保守派和自由派之间存在的误读。

　　比如自由派觉得，所有的女人骨子里都是开放的，保守派被自己的圣母光环感动了而已。

　　现身说法一下，不是的。当女人真心实意地爱着一个男人的时候，威廉王子也勾引不走她。她们心甘情愿，心无旁骛。

　　而保守派觉得自由派不自重，太随便了。

　　现身说法一下，不是的。真正的自由派是相当挑剔的，绝不会对不起自己的身体一点点，不会让自己的感觉有一丁点儿不好。她们认为在不犯法的情况下让肉体和精神同爽是最大的自尊和自爱。

我经常在小说里写一个女人和一个男人认识就上床了，那是因为我没写她还认识了一万个男人没上床。自由派有绝对的任性，她喜欢的马上扑倒，其他的对不起，她患了脸盲。所以她们并不比保守派容易勾搭，一个男人不对她的胃口，累断脊梁也是白忙。

自由派和保守派各有各的快乐。大雄是我在自由派的阶段认识的，第一次见面，吃饭。第二次见面，跟他回家。还没参观到他的卧室，送空调的忽然打电话叫我马上回去开门，我只好走了。第三次见面，又跟他回家，他问我："你今天没有买空调吧？""没有。"

然后还废什么话。

那一刻的爱情是惊心动魄的。

每个人的三观不一样，看问题的方式大有不同。我写过一个女人看到老公出轨了没吱声，她很想知道这种不要脸是什么感觉，于是和快递小哥发生了一夜情。有个现实中的保守派说，太贱了，女人就算出轨也应该找个霸道总裁。我混乱的价值体系瞬间肃静。哇哦，原来她是可以接纳出轨的，但是必须出得更胜一筹。出轨对象在她的价值观里更值钱一些就赢了。

人与人的思路是多么不同，情场，男女，纠葛，可以无穷无尽地写下去，前方永远都是等待我去发现的新世界。

你有没有想过
一切都是幻觉

日复一日的生活都只是一个逻辑完整的梦，
忽然有一天一切风化，只剩我站在中央看着断壁残垣。

第一次有这种感觉是我的一个亲戚死了。他挺风光的，平时身体也硬朗，忽然得了一种怪病，肺一点点硬化，然后死了。

得知他死讯的那一瞬间我正在吃饭。我张着嘴，嘴里塞满食物，回想起和他在一起的点点细节，眼泪一下子溢出来。我忽然觉得自己像在一座沙城，日复一日的生活都只是一个逻辑完整的梦，忽然有一天一切风化，只剩我站在中央看着断壁残垣，然后我同我大脑虚构出来的世界一起消失。

慢慢地我发现不只生命是幻觉，连三观都是幻觉。

我以前特别讨厌大雄打麻将，他一打麻将我就要和他吵架。干点什么正事不好，出去打打球能锻炼身体，旅游能长见识，看书能丰富精神世界，为什么非要打麻将呢？对身体不好，什么也没有得到。

后来有一天我看咪蒙写她老公爱玩游戏，她说，我负责赚钱，我老公负责玩游戏。我震惊了，忽然发现自己陷在长辈套给我的缰绳里，大事小事还要区分对错，去纠正我认为"错"的。可是打麻将怎么了，谁说旅游看书就比打麻将高尚？我凭什么要坚定地认为自己是对的、去改造他的爱好？

所以现在只要大雄不杀人放火，他爱干吗就由他去吧。这就是传统道家的"无为"吧，凡事做最小的干预，最小的介入，不企图控制，让事物按照它自己本来的面貌发展。

后来我们感情的流动性，比刚生完孩子剑拔弩张那段儿要好得多。他也发现自己尊严和情感都得到了保留，更乐意在家中做出让步。

这只是小小的、关于家庭中的三观摩擦。还有很多三观，是令人震惊的。

林希·阿德里奥在报道达尔富尔的几年里，他说："我经常抽空去报道另一场在刚果民主共和国东部的内战。成百上千的难民被逐出村庄，挤在南北基伏省的难民营里。政府与反政府武装之间的冲突导致上百万人丧生和无数女人遭受性侵犯，士兵强奸女人以达到标记领地、恫吓平民的目的。他们强迫被侵害者的家人目睹强奸，甚至残害女人的身体。一些人说她们的丈夫得知她们被强奸后就抛弃了她们。"

还看过一个资料，大致是说在一个内战国家，一帮本地人以杀人为乐，如今几十年过去，一个杀人如麻的老人在接受采访的时候并没有意识到自己有任何过错，他说他杀死女人后都会割掉她们的乳房，那里面呈蜂窝状。

震惊中，我们很难想象是什么东西塑造并支撑着这种变态，使他们直到老年还能如此安详。心理学家海灵格说："在小偷的团伙中，成员必须去偷，他们这样做是为了一个明确的良知，它们被凝固在自己的团体里，不会感到内疚。"

……

每个人都笃信自己的三观，我却在不停地琢磨：是什么支撑士兵卖命，是什么支撑教徒虔诚，是什么支撑犯罪团伙以成功伤害别人为荣耀，是什么支撑我们执着于成功和财富？

阿汗叔曾演过一部电影《我滴个神啊》，说你们膜拜和相信的只是泥人。我没有亵渎宗教信仰之意，只是我自己也无法相信任何教派。我大姨是忠实的基督徒，她告诉我神爱世人。我想那就爱吧，我是不是他的信徒，他都爱才是真爱，如果我是为了祈祷明天有好成绩或者是祈祷身体健康之类去做信徒，也太功利了，这种抱佛脚的感觉我不喜欢。

《人类简史》第十章里，说起货币的起源，它的雏形是贝壳，它需要人们相信它。如果有个富裕的农民卖掉房舍田产换来一袋子贝壳，再带着这袋贝壳前往其他的省份，因为他相信他在抵达之后其他人会愿意用土地和粮食来换他的贝壳。所以金钱是有史以来最普遍也是最有效的互信系统。

细思有点意思。

人们这样慢慢形成社群，形成社会，形成交易，挺神奇。社会在发展的过程中，三观继续满天飞。最常见的是感情问题，我奶奶是我爷爷最小的老婆，我并未听说她与其他妻妾有什么争斗行为。张爱玲的《倾城之恋》里面，范柳原也不是什么贞洁之士，"柳原现在从来不跟她闹着玩了，他得把他的俏皮话省下来说给旁的女人听"。《色戒》里面的易先生，更是擅长撩拨身边的每个女人，连在桌面上打麻将时都有别人的太太转着戒指跟他说酸溜溜的话，易太太不可能全部不知。放到现在，妥妥的渣男，又要被骂成筛子，他们的老婆都要被骂成大屄货。但是在小说里，他们的存在挺正常的，并没有被贬低之意。

所以我觉得三观也是一场幻觉，是成长环境筑起的城堡，我们像长发公主一样住在里面，坚定地认为自己看到的就是全部，自己的三观就是正的。

那么到底什么是完全正确的呢？我还没有找到。

我只是觉得做人不要那么执着。众生皆苦是因为众生皆执。茅于轼说："一个人脾气好，不容易发火，不跟人过不去，不但对自己是幸福，对他周围的人也是幸福。相反，好发脾气，老跟人抬杠，喜欢挑人毛病的人，不但一辈子磕磕碰碰，他周围的人也受累。"

开阔的人生，从不争执，只思考，开始。

那些生活中能够避免的旋涡

都说年轻人的路错一步失千里，
其实返途之凶险不输来路。

一个女人爱上了一个男人，这个男人坐过牢。他在十年前搞了个彩票销售点，一下午打了几十万块的彩票，结果只中几千块钱，逃跑时被抓。

因为爱情，女人并没有把他的污点视为短板，反而视为智慧，只是承认他有一点点赌性，"他很聪明，只要不贪玩一定比一般人都强"。

但是赌徒的不计后果劲儿靠婚姻是矫正不了的。人容易被爱情迷惑，婚后才醒悟原来人脱不了胎也换不了骨，可能比以前更乖张。所以这个女人在男人赌博输得没裤子穿以后，被迫离家出走，目前正在艰难地起诉离婚中。

我觉得年轻人在成长中最容易犯错的地方就是被爱情蒙蔽了双眼。而且，非议之声越多，越能自我感觉特殊和伟大。却不知跳出感情的圈子回头来看，自己像个笑话。

我和大雄开过一家店，跟别人合伙的。合伙人每天盯着采购，生怕对方从中吃回扣。终于有一次逮住他吃回扣，合伙人把他开除了。换来一个采购倒是不吃回扣，但却脑子明显不如前者灵光，经常出错。有一次收了别人的货打了两遍条子，人家脸皮厚，拿着两个条子来要钱，十分醉人。

采购换来换去，都不如第一个。后来得知第一个去了别人家做采购，做得风生水起，把人店铺盘得门庭若市。一问才知道，老板把采购这一块儿承包给他了，每年还给他分红。

不管是用人还是交朋友、建立婚姻，最牢不可破的关系都是成为利益共同体。别光想着别人占了你多少便宜，算别人的账又狭隘又浪费时间，只算自己的账就行了，多给合作者一些利益空间，更容易双赢。

采访过一个教授，因太太高位截肢，他精心照料而闻名校园，可是人怎么能没有性生活？有一天勾搭发廊小姐被曝光，人设崩坏，蒙面逃回老家，前程尽毁。如果是一个混混找小姐会这么叫人兴奋吗？不会。人类以看笑话为食，尤其喜欢落差。

所以，任何时候不要忘记了人是容易醉的，高尚情绪会让人醺醺然，声望和唾弃一样可能是糟糕的指引。

一个女读者，90后，迷上一个不务正业的男人。该姑娘家境优渥、长相清纯，男人抛家弃子跟她私奔。后来姑娘发现生活跟自己想象的不太一样，激动人心的动荡过后，满地狼藉无从收拾。她悄悄和父母联系上，父母找来把她带了回去。

大部分人的思路都是，人生只要及时止损，前程就是一片光明。

可曾站在人渣的立场上也想一想？

人渣是怎么出来的，也是经过无数人培育的，糊涂的姑娘无疑也是培育过他的一员。一个人用犯贱养育了另一个人的欲望，岂是你说抽身就抽身的？

男人到姑娘家要人，她父母不给，他出手打伤老人，姑娘的父亲被打成脑震荡。

都说年轻人的路错一步失千里，其实返途之凶险不输来路。

所以归程、止损，都要有章法，不要幡然醒悟得理直气壮。往小了说，毕竟和你一起白痴过的人仍是白痴，白痴不按逻辑出牌，破坏力是毁灭级别，要动之以情晓之以理；往大了说，真正的自重是什么样的，是对自己犯过的错误也尊重，对自己瞎的时候爱过的人也尊重。

愿我们活着的每一天都清醒。

就算迷醉，也有醒来后收拾好自己的能力，重新出发。

想要游刃有余，
怎能少了"圆滑"

原来这就是圆滑的魅力啊，它是包容，是克制，是聪明，
是拐着弯的奉献，是忙着给别人脸上贴金。

老公很认真地说喜欢我。本媳妇非常受用，自以为在他心目中貌美、贤良、节俭、持家……结果，他说："因为你很圆滑。"

我的震惊可想而知。他毁了我从小到大所受的教育，我倍感不满，逼他举例说明。他随口答，你看，你不喜欢我妈，但你也会和她坐在一起表现得高兴。

难怪老公这个白羊座太直，他们喜欢就是喜欢，不喜欢就是不喜欢，总是黑白分明，从不伪装。而我这个狡猾的天秤座却能跟什么样的人在一起，立刻就变成他所需要的那种

人。婆婆喜欢跟我亲亲热热，以显示她人缘好。我便人前人后"妈"长"妈"短。出差带礼物，送我妈的都是真金白银，送婆婆的都是脖子上系的、头发上戴的、洗衣机上盖的。总之什么常用省钱，就买什么，又便于她显摆："这是我媳妇送的。"

我大肚子时婆婆就说她不习惯城里的生活，我立刻请妈妈来照顾我月子。我回婆家逢人就说："婆婆辛苦了大半辈子，带大了三个孩子，好不容易清闲了，我可舍不得她再吃苦受累。"我绝不会说："我婆婆既不出钱又不出力，当的什么奶奶?!"当然我也不会告诉别人："我妈超喜欢含饴弄孙，我喜欢和我自己的妈妈在一起，而且我偷偷补贴了娘家钱呢……"

我和老公，因为太熟悉，我的小九九时常会被他识破，他就笑着说我："你这家伙就会到处装好人！"

有一次婆婆生病，我没时间去照顾，便拎厚礼去拜访老公的弟媳。后来弟媳在医院陪床陪得一脸灿烂。送礼的事我没有告诉任何人，还不断在人前赞弟媳吃了亏、受了累。但婆婆太了解我们的为人，心里有数着呢。她偷偷拉着我的手说："你的聪明真招人疼。"我从小被娇惯，到现在连饭都不会做，估计婆婆自己也害怕我去伺候她。从医院出来，老公又笑我："装好人！"我却一下子在他话里听出感激的意味。

原来这就是圆滑的魅力啊，瞬间觉得这个贬义词变得温暖。它是包容，是克制，是聪明，是拐着弯的奉献，是忙着给别人脸上贴金。想在一个大家庭里游刃有余，怎么能少了"圆滑"这么优秀的品质呢？

给爸爸妈妈订的头等舱，说是中奖中来的，这是做子女的圆滑。

打孩子的时候，板子高高地举起来，却轻轻地落下去，让他知道恐惧却并无太多皮肉之苦，这是做父母的圆滑。

漂亮的首饰、小玩意儿，总是买两件，因为知道对方和自己一样的审美，无论贵贱她都喜欢，这是做姊妹的圆滑。

为对方保守小秘密，在背地里说她的好，这是做朋友的圆滑。

不喜欢婆婆也装成喜欢她的样子，这是做妻子的圆滑。

尽管你只是个小卒，也告诉你这个团队多么需要你，这是领导者的圆滑。

批评一个人之前先表扬他，这是外国人的圆滑。

圆滑无处不在。

因为你是我的亲人、父母、朋友、丈夫，我才对你行使了虚伪，同样才能够容忍你偶尔的讨厌，还表现得愉悦。如果我能够彻底率真地对待一个人，一言不合立刻跳上房顶、扎起马步准备翻脸，那么真悲哀，他只是一个路人。

每个人都有病，
都带着各种各样的病在长大

弱点让我们的人生有了主题，
让与众不同有了意义，这真没什么不好。

我带我娃糖糖出去玩，有一个小男孩儿拎着一小桶巧克力，说给她一颗。糖糖很开心地来问我能不能要，我看是同一个小区的小孩儿，就同意了。结果小男孩儿磨蹭着："我又不想给了。"

糖糖气坏了，跑过来趴在我身上，眼泪巴巴地问："妈妈，你也去超市给我买那一大桶，好吗？"

家里从来不缺糖果和巧克力，她就是为了在小朋友们面前显摆，为了争回那口气。我一口回绝。她瞪大眼睛问："为什么？"

放眼望去，一大堆小朋友玩得好好的，男孩儿说给，大家心平气和；男孩儿说不给，也波澜不惊，一声"喊"又继续玩耍。怎么就我娃受不了呢？她想要什么我都得买吗？如果将来她谈了个男朋友本来说要爱她一生一世，中途变卦了，她让我赶紧给她找一个王子气死前任，我找得到吗？

　　我说错在男孩子不在你，再说不是想要什么就能有什么。她不干。

　　我说没带钱。她说，你不是可以刷手机吗？

　　我被噎了一下，胡扯手机系统坏了。

　　骗人是不对的，我又陷入另一场自责。

　　糖糖又开始嘤嘤地哭，她是天下最爱哭的小孩儿。她伏在我胸前，脑袋上热乎乎的奶味加汗味，柔软得叫人难受。我赚钱是为了啥，大部分不是为了她吗？我爱她爱得可以为她去死，怎么就不能给她买颗巧克力呢？不行不行，不是说好了母爱是一场得体的退出吗，我不能保护她一辈子，我现在就得狠心；哎呀，我这样会不会给她带来伤害，她不明白我为什么有钱也不给她买，能让她痛快我非要给她找不痛快。我小时候我爸妈告诉我，找不痛快，是为了磨炼我的意志，我总是想，以后我痛不痛快是我自己的事，至少现在你能让我痛快一点儿，你为什么偏不……

　　我排山倒海地挣扎着差点就妥协了……但是都说了手机坏了，人不能自我打脸，也不能孩子一哭就让步，不然她发现家长的软肋，哭就是她威胁的手段。哭能解决什么问题？我要让她知道世界的残忍。

我心里一万头马转着圈儿地奔腾。

谁能比我的内心戏更丰富，谁能比我活得更纠结，我出门要不要洗头都能纠结一万字出来。我活在这个世界上并且没有疯是一件幸运的事。

糖糖觉得了无生趣，要回家。这时有小朋友跑过来问糖糖为啥哭。糖糖鼻涕一把泪一把硬挺着不说出自己的委屈。我问那小朋友，是不是有个孩子说给大家发巧克力又没发？小朋友蒙了一会儿，不知所云地点点头，继续欢快地玩儿去了。

旁边有家长哈哈大笑："别人还不知道发生了啥事，你女儿的心已经碎成了渣渣。"

小男孩儿也拎着他的巧克力晃过来，一脸茫然。我糖糖心怯地看了一眼大家，大概也意识到自己过度敏感。

我抱着她，觉得我俩好孤独。她有一个奇怪的妈妈，敏锐到风吹草动都翻江倒海，平生所愿就是孩子能天生愚钝，像二哈一样憨憨傻傻过一生。可是不行，她把我的坏基因发扬光大，有过之而无不及。

回家的路上我跟她说，糖啊，你太玻璃心啦。

她说，玻璃心是什么？

我说，是一种病。

她说，什么病？

为了避免无休止的问句，我打岔说，每个人都有病，人们带着各种各样的病在长大，妈妈也是。

那怎么办呢？

病也是我们的天赋，是老天给的，是好事。

她不理解，病怎么能是好事儿呢？

我说，比如妈妈性格不好，所以妈妈成了作家。

哎呀，我好机智，自己也觉得开阔起来。弱点让我们的人生有了主题，让与众不同有了意义，这真没什么不好。我弯腰在她湿漉漉的脑门上亲了一下，很轻，像风撩过新生的枝丫。

嗯，我们是世界上两棵多情的树。风来，雨去，相似的母女俩小心翼翼地守护着。

什么事都抵不过
"心甘情愿"四个字

我们的生活会被各种各样的欲望绑架，
有些东西没办法挣脱就接纳它是我们命运的一部分。

有天孩子正在吃饭，她姥姥看着看着突然感慨一句："现在的孩子可真幸福，我们小时候都吃不饱。"

娃爹也爱说："现在小孩儿可真爽，我们小时候哪想到过家里会有车啊，出门能坐个出租车都觉得了不起。"

我丝毫未觉得孩子因此就必须有幸福感。相反我觉得家长总拿这些来教育她，试图让她珍惜生活、变得乖巧，完全是自以为是。

我要是孩子我心里肯定想，好了好了你们自己觉得幸福就可以了，请你们珍惜生活吧，给我讲这些我又理解不了，有什么可啰唆的。

孩子去学钢琴总是注意力不集中，前段时间我忙得上厕所都连滚带爬没时间陪她，姥姥去陪练，回来告状："你娃只喜欢玩，老师前面讲她后面忘，你要好好管教她。"我今天决定亲自去看看她学习的过程到底有多摧残人类的耐心，坐了五分钟我就坐不住了。全程只听到老师严厉地、丝毫不带感情色彩地命令："哆念什么？念 C！注意坐姿！手腕放松！手形摆好！不要扭来扭去！"

坐到第七分钟我实在忍不住摸出手机玩消消乐。学钢琴这么枯燥无味的事情，连我都受不了，我为什么要求我娃受？我真的觉得孩子很可怜，为什么很多人会觉得现在孩子不缺吃玩具成堆就幸福呢？我只看到我的孩子像动物园里的困兽，被驯兽师拿着鞭子追打着克服恐惧去钻火圈。所有爱她的人都希望她成为一个优秀的人，一个自律的人，在她四五岁的年纪就开始强调打基础、起跑线、养成什么习惯、培养这那那。优秀的定义到底是什么？是考上哈佛吗，是穿一袭白裙坐在那里优雅地弹钢琴吗？还是成为所谓的栋梁之材为国争光？我们为什么非要这样呢？

有一瞬间我觉得自己很失败。我很想说，孩子你爱怎么样就怎么样，我希望你来学钢琴是因为你觉得钢琴的声音很美妙，你享受能坐在这里弹奏一首曲子的感觉；你将来学习成绩好是因为你喜欢学习，你享受考出好成绩的感觉；你将来自信、开朗、喜欢社交，通通都是因为你快乐；如果不快乐，你可以像妈妈一样拒绝所有的社交，你完全可以对不喜欢的人和事说滚。

可是我又没有勇气说这些，因为这不符合主流价值观。所有的家长都在攀比，孩子也在攀比，大家对所谓的成功有着非常明确的条框——坚强、执着、隐忍、才华横溢、出人头地、出类拔萃、鹤立鸡群、凤毛麟角、呼风唤雨……将来她没有别的孩子有"成就"，会不会怨我小时候对她太过放纵？

养一个孩子，大部分时间觉得温暖，小部分时间觉得哀伤。

前几天有邻居逗她，糖啊，你长大想当什么？她说，想当总统。邻居觉得我娃棒呆了。过了一会儿我娃又说，长大想放牛，邻居哈哈大笑，你这是什么志向？

放牛到底怎么了？

一个人想要从政并做得很好他应该是能从中获取自豪感的吧，一个人想要闲云野鹤应该也是自得其乐的吧。我们把孩子带到这个世界上来到底是为了什么？用我们自以为是的"优秀""成材"的框架制约他，为了给自己带来成就感，带来虚荣心，可曾有过半点对孩子的尊重？

上次我一个同事吐槽，孩子上了小学我会疯，因为每天在田字格里写字，每一笔每一画在什么位置都严格规定。我说我才不要我孩子写那么好的字，她喜欢鬼画桃核就鬼画桃核嘛。同事说，可是孩子写的字比别人差，能力比别人弱，老师、同学都看不起她，她也会自卑难受啊！

　　每次想到这些我都觉得自己很渺小很无力。这也是我一直想跟孩子说的。我们必须承认我们自己的渺小和无力。我们唯一的抗衡方式就是哪怕我们没有成为世俗意义中的巨匠，也依然要从渺小中汲取快乐。

　　我们来到这个世界上的目的，不是为了拯救谁改变谁以及变成谁，是为了体验、感动、享受。我们的生活会被各种各样的欲望绑架，有些东西没办法挣脱就接纳它是我们命运的一部分，用平生所学做我们自己认为有价值的事情就够了。达则兼济天下，穷则独善其身，什么事情都抵不过"心甘情愿"四个字。

　　《红楼梦》里说，一僧一道告诫灵性已通凡心正炽的灵石："凡间之事，美中不足，好事多磨，乐极生悲，人非物换，到头一梦，万境归空，你还去吗？"顽石曰："我要去。"

　　我希望我的孩子，在成为一个生命体之前，是与神灵有过这样的对话的。

在短暂的一生里，我的孩子会遇见亲情、友情、爱情、事业，我希望她，选择的每一样，都乐在其中。

我们学完琴去吃饭，我问她，你今天学得很好，妈妈都坐不住你能坐得住，还会弹三首曲子了，真棒！你喜欢学琴吗？以后还愿意学吗？

她说："还可以。"

然后她拉着我的手，开始唱歌。

在傍晚瑰丽的光线里，孩子的歌声宛如天籁，穿透了我的心。那一刻的感动，没有语言可以形容。这一生我们的母女情缘，是让我最满足的事情。我要求你什么呢，我真的什么都不要求。我觉得命运给我的已经很丰沛了，等你稍微长大一点点，我一定理直气壮地对你说，妈妈很爱很爱你，所以一直努力做的，就是给你最丰盛和强大的自由。

幸亏繁殖和爱
是一种本能

失望多了，心里开出一朵花，名字叫无所谓。

　　前段时间我到《知音》去办事，碰到一个和我住过的同事，她初为人母，以前我们都是多么桀骜不驯、肆意妄为的女子，现在她看到我第一句话是："你是怎么活下来的啊。"

　　带娃的艰辛确实远远超出想象，对我这种人尤其不易，完全是劫后余生。带娃不是苦，不是活儿重，而是磨人。那时候我天天抱着娃心里企盼着，求求谁帮我带一会儿吧⋯⋯我太需要睡觉⋯⋯

　　我娃吃夜奶，是我胸太小的原因吗？她必须少吃多餐，每天夜里要哭闹五到十次。基本上我刚迷糊着就被她哭醒，好不容易又迷糊着再被她哭醒。一个正常的人可以这样尝试一个晚上还不崩溃吗？据说严刑逼供里面就有这一招，让人每次都像被鬼拉醒，心跳到舌根，最后完全不敢睡。我这样坚持了一年半。

娃断奶后我目前要靠吃正常剂量两倍的安眠药入睡。

在我生娃之前听说月嫂一个月工资六千，我还在想，都快赶上我挣的了，文化怎么这么不值钱？我生娃之后觉得月嫂一个月值五万。

所以我现在看到别人生二胎，一种崇敬之情就会油然而生。

心态也是很要命的。看着自己的身材，不太敢相信它还能恢复（事实证明，即便以后能穿上孕前的衣服，肉也很难恢复得紧实）；人老得特别快，生孩子就像一个分水岭，孕前和娃两岁后，皮肤像老了十年；精力和体力完全没法比。

最重要的是，好像每个女人在这个阶段都不能免俗地有付出感。因为一下子被打成弱者，女人变得敏感，恐惧，琐碎，抱怨，灰心。碰上不体贴的男人那更抓狂。我一个朋友说她天天带孩子快累死了，男人从来不管，回家就知道打游戏，偶尔逗孩子玩一下，孩子一哭马上丢给她。有一天孩子不小心磕到头，她老公说，你怎么连个孩子都带不好？她瞬间有杀了他的心。

我还有个朋友恨嫁，想赶紧生小孩儿。有次她说起武汉发洪水的那几天，她在外面采访，两天两夜没睡觉，终于可以回家休息一下时，领导一个电话打过去叫，快到哪哪去，那边人手不够再坚持一下。她说她当时坐在那儿眼泪哗一下淌下来，像个傻子一样。我说你真不适合生孩子，带孩子比工作苦一百倍，而且天天这样。

幸亏繁殖和爱是一场本能，要不然我早罢工不干了。

母爱让女人变得真伟大。我的一个前同事说她老公天天在外面打麻将，她患了产后抑郁症，不止一次想自杀。她说："凭什么他可以当甩手掌柜？我也可以不负责任啊，也可以夜夜出去打麻将啊？但是我不能，我是母亲。"我听到好想哭。那些高估了爱情和那些婚前更注重自我感受的人，以及那些措手不及迎来孩子的人，是怎么样熬过那一天天一夜夜，只有当事人懂。

有了孩子经济压力也大，买什么东西都喜欢团。一组团就像进了怨妇圈子，全是吐槽的。我印象最深的是有一个女人说她产后脱发严重，老公对她完全不管不问。有一天她又掉了很多头发，她舍不得扫，想让老公关心她，问一下你怎么掉了这么多头发。

还有一个女人说她剖宫产能下床后，要擦个澡，喊她老公给她拎一桶水到卫生间，喊了几遍他还在那儿玩手机游戏。

以前的怠慢不能忍，这会儿不得不忍，还忍得绝望——这就是我当初死去活来要嫁的人。

所以我写过一篇文章讲女人生孩子不要觉得是为男人生的，一定要觉得是为自己生的，否则会活得很痛苦。

网上有一句矫情话讲："失望多了，心里开出一朵花，名字叫无所谓。"略心酸。不过确实男人天性不擅长带娃，婚姻也让人懒得相互取悦，导致好多人生养孩子的那几年感情噌噌噌噌滑坡，无奈，这是普遍现象。

我们心理学老师张荣华做过调查，夫妻感情在生育的那一年触底，孩子读幼儿园开始缓慢反弹，孩子读大学以后升温回到期望值的一半。

身边有两对，在感情触底后等不到反弹就离婚了。

还有一个女的，孩子不到半岁就出轨了，还偷的是自己小区的一个人，就因为那个医生半夜帮她叫了车，说了一句："你真不容易。"当时我就感叹，女人在这种时候真是一点点温暖就能被勾引走。

其实生和育的辛苦，无论怎么写，听起来都像是对男性的一种讨伐，没什么用。

都说出轨是人渣，仍然阻挡不了人们前赴后继去当人渣。我们能改变的只有自己。

所以我以过来人的身份告诫我家妹子，一定要自己有钱。有钱，可以请月嫂，夫妻俩规避了琐碎的照顾孩子的责任，避免和老人同屋，更容易和睦；人都是可以同甘不可共苦的，责任逃避不了，两个人相互指责着指责着，容易把心指责凉，那就尽量要甘不要苦；女人有了钱，腰杆也硬，不用听男人讲些"我赚钱养家这么辛苦，你在家里带个孩子怎么这么多事"这种鬼话；以及，不要对婚姻抱太大的希望，幸福的人结婚是换了一种方式幸福，不幸的人结婚是换了一种方式不幸。

生育是上天赋予女性的责任和本能，还是那句话，这世间唯有本能最快乐。虽然过程艰辛，但它回馈给我们的幸福感无可比拟。爱使我们脆弱，也使我们更强大。

等我老了，我不愿
女儿是一个匆匆赶路的人

等我老了，我希望我的女儿不要也变成一个匆忙赶路的人，
不要让我在窗口看她离去的背影，不要让多寿变成多辱。
生命如此孤单，感谢我们曾经同行。

　　每当看到一句话，寿多则辱，我一下子想到我的奶奶。

　　爷爷去世之后，她就变得好孤单。有一次我去看她，她
洗了毛裤，怕干不了，就搭到煤炉子上的水壶上面，她自己
坐在边上打盹。水开了，水蒸气把刚刚烘干的毛裤又打湿了。
一个白发苍苍的老人，就坐在蒸汽里小憩，开水把壶盖顶得
"嘶嘶"作响，她毫无知觉。那一幕令人心碎。

　　后来她不小心烫伤了脚，不断发炎。我去看她，带她到
医院诊治。她觉得拖累后代，当晚服了安眠药。

　　抢救过来后，我二叔不放心，把她送到敬老院。我去给

她剪指甲。人老了，指甲特别厚，一剪下来像粉末一样往下掉。她皮肤特别干，手脚都是腐朽的味道。整个人没有力量得像一截枯树枝，拉她站起来她就会倒向我，我要趔趄一下才能站得住。每一次我走，她都趴在敬老院那个小小窗口看着我，以至于我都不敢回头。

我害怕和她谈话，因为我们之间的话题太匮乏了。她翻来覆去都是那几句，她与我的世界已经格格不入到她说什么对我来说都是真正的耳旁风。

2010 年奶奶患了癌症，她快九十岁了，医生建议不要治疗。

我们知道离别很快会到来。

我带爸爸去看她，他和她吵了一辈子架，在敬老院里，我看到他悄悄给陪护人员塞钱，眼底有泪光。

离别是无从逃避的事件。我们沉默着，束手无策。

接到奶奶最后的消息，我在异国，没能赶回送她最后一程。那段时间，我经常一个人走在马路上，踩着红色的地砖，我会想，她去了哪儿？她的灵魂是否依然存在？我又为何会是我？为何会有感知？我的脚踩在这红色的地砖上，我的耳朵听到这世界的嘈杂，我的眼睛看到这车水马龙，我的情感皈依现在的家庭。这所有的一切是怎么发生的？是否是一场声势浩大的幻觉？这所有感知的细枝末节是否会发生在另一个完全陌生的人身上？那么她是谁？

韩寒说："对于死，我一直是这么觉得，他们并没有离开世界，他们只是离开了人间。他们一定和我们分享着同一个世界，用不同的生命模样。"

这让我珍惜我目光所及的一切。我觉得一草一木里都有生命深沉的过往。

后来我成了母亲，经历情感的波折，被生活打过耳光，又结结实实地去反扑命运。然后我慢慢静下来，理解了"寿多则辱"这个令人心酸的词句。

在我年轻的生命中，我曾认为在任何一场关系里，一个人都必须有自己的价值，否则，他出局。

每一个人都会老到终于什么价值都没有了。她孤独地一天一天等待死神来临，走近怕自己是拖累，走远了感到孤单。她在无所适从中行将就木，生命磨去了她最后的强势与光华。最后奶奶走的时候，我并没有像我少年时想象过的那样痛不欲生，因为她太老太老了，她已经老了很多年。她是什么时候出局的？已经没有清楚的界线了。

时至今日，我的自责无以言喻。

寿多本是好事，我们为什么要给它赋予"辱"这个词？

我们走得太急太快，太看重眼前的蝇头小利，一颗浮躁的心太懂得权衡利弊，却早就忘记了生命的本源。一个老人，她存在的价值就是给我们反哺的快乐、付出且得到肯定的满足，让我们拥有温暖，拥有回忆，相信爱与轮回。她曾用她慈爱的光芒笼罩着我的人生，教我慢下脚步，不要急功近利，咄咄逼人。可是我曾经看不到也看不起这些。

现在，每当遇到波澜，重大的选择，情感的顿挫，我都会想起我的奶奶。再也不能和她唠叨这些话了。我很后悔，其实我可以做得更好一些，更争分夺秒一些，更贪婪一些，让她生命最后的时光，能多一些满足感。

现在，看着我妈妈这么辛苦地拉扯我的女儿，我想等她长大了，我一定要告诉她这些话。在她正值壮年的时候，她的姥姥也会老得像我的奶奶这般，失去世人眼中认为的价值。可是我们要和她在一起。哪怕吵架，也是热闹的人生，不要让她孤单。等我老了，我希望我的女儿也不要变成一个匆忙赶路的人，不要让我在窗口看她离去的背影，不要让多寿变成多辱。

生命如此孤单，感谢我们曾经同行。

奶奶，不知道生命是不是
真的存在秘密

一边是旺盛的生命力，一边是所有的欲望消失到几近为零。
一声轻叹，心里是微凉的安静与祥和。

　　清晨，我在书房睡觉，忽然听到奇怪的脚步声。我家里人的脚步声我都认得，它不属于任何一个人。它从走廊里穿过，向我走来。我全身的寒毛都竖起来，我知道是在做梦，但是醒不过来。

　　一个人靠近我，躺在我身后，从背后抱住我。她说："我来看看你。"

　　是我去世了六年的奶奶。

　　我的心一下子静下来，我摸了摸她的手，关节粗大。她手臂上的皮肤，微凉、松弛。她就这样抱了我一会儿，走了。

几秒钟后，我醒过来。

我的手指上还残留着非常真实的触觉。

我就这样在极度不可思议的震惊里躺了一会儿。我以前总是觉得自己做得不够好，在她生命最后的岁月里，我在外颠沛流离，没能床头尽孝。但在那一瞬间，我开释许多。她并不怨恨我。她仍然爱我，没有遗憾。

记忆里的奶奶，全部是"老"给我带来的震撼。

奶奶走的时候九十多岁，住在敬老院里。那已经算是我们老家不错的敬老院，四个人一个房间，由两个服务员专职照顾。

她的室友总是在换，因为人在不断地死去。

我每回一次老家都要相隔几个月。有一次去，旁边床上又换了人，是一个完全不能自理的老太太。床上有一个洞，她的屁股就放在那个洞上。不一会儿就听到淅淅沥沥，她在小便，工作人员无声地过来给她倒马桶。

另一个老太太很有经验地说，没几天了。

我奶奶非常冷漠，连头都没有抬。

我转过脸去看着她，想记住她的样子。因为我想下一次来她可能就不在了，虽然我并不认识她，却有一种难以名状的悲伤。

另一床的老太太要年轻一些，身体也比别人爽朗。有一个二十岁出头的小伙子来看她，说话基本是吼。他走后，我问奶奶："那是她什么人？"

奶奶说，不知道。

她不关心任何事情，因为说与听都很费劲。

每个楼层有一个卫生间。我去上卫生间，发现没有锁。角落里有一把扫帚，我只好勉强用扫帚顶着门，这样即便有人来推，也能感觉到里面有人，哪怕只有一秒钟的犹疑，我也有机会告诉对方里面有人。

正在上厕所，门忽然被推开，进来了一个老大爷。我大叫道："有人！"他毫无反应，依然往里走。

他走得特别慢，一步只能挪半只脚那么远，他的背驼得只能看到地面。他的口水像线一样，走一路，滴滴答答流一路。然后他把拐杖靠墙放着，站在我身边颤巍巍地解裤子。

我的愤怒和羞耻在那一瞬间荡然无存。

我走过去，问他需不需要帮忙。他连看都没看我一眼。我才意识到他也听不到。

厕所是蹲便，但是被水泥砌在一个高台子上。我进来的时候还在纳闷，为什么上个厕所也要蹦上去。现在我才知道，是为了方便老人坐。他们已经没有力量控制膝盖，从站到坐，是体重爆发式地压过去。大爷坐的时候"咚"一声巨响，如果是马桶，早已坐垮千百遍。

台子那么脏，刚我还用脚踩过，他既看不清也不在乎。靠近的时候，他身上全是尿骚味。

看着大爷那样子，我预感他上完厕所自己起不来。果然，不一会儿他就开始发出哼哼声，像牛奔赴屠宰场，叫得又悲伤又凄凉。我闻声跑过去拉他，拉不动，只好去叫服务人员。两个阿姨过来，把他拽起来，潦草地收拾一下，马上把他送回床上。

后来我扶奶奶去卫生间，也是进来了一个大爷，我奶奶熟视无睹，老大爷也习以为常。

他们都已经老到没有性别意识。

没有喜怒，没有企盼，没有热望。

吃饭是在一间大空调房里，里面有一台电视。每个老人发一碗面条，一点儿肉末都没有。有两个老人莫名其妙地冲我笑，后来服务员告诉我，她们精神有些问题。

有老人吃不完，转身去看电视（我怀疑她根本看不清楚）。服务员大声问：你不吃了？

得不到回应。

于是她端起老人的碗，直接就把剩下的面条倒进了旁边一个老人的碗里。而这个老人，麻木地继续吃，像什么都没有发生。

我扶奶奶回房间的时候，问她想吃什么，她说想吃肉。

我于是跑去超市买了很多肉。午餐肉、火腿肠、真空包装的熟的猪肘子。一边拼命地往购物车里放东西，一边强忍眼泪。

我想跟二叔商量，给奶奶换一家敬老院。

朋友制止了我。他说就算这座城市最昂贵的敬老院，在你看不见的地方，也存在很多问题。至少目前我奶奶住的这一家还评上了各种模范、先进，从来没有虐待老人的情况发生，六十多岁的院长也很有名，床位一直供不应求。

我把一大堆肉交给奶奶，叮嘱服务员，如果肉不够烂，就叫厨房加工一下。服务员"嗯"一声，丝毫没有愧疚感。

最后一次在敬老院里看她，她正在布满阳光的走廊里洗澡。

敬老院有洗澡间，但是奶奶一向喜欢坐在木盆里洗。不知道服务员从哪儿给她弄的一个大木盆，她就坐在里面，用一块小毛巾抖抖索索地往身上浇水。马尔克斯有一段话形容老人："她的肩膀布满皱纹，乳房耷拉着，肋骨被包在一层青蛙皮似的苍白而冰凉的皮肤里。"每每读到，都觉得是在写我的奶奶。

我去帮奶奶洗澡，这副身体生育了我的父亲、二叔、三叔、姑姑，承载了数不尽的欲望和悲喜。现在，她的器官机能走向停滞，精神时而糊涂时而清醒。我无尽的心酸，又无能为力。

那天洗完澡恰好碰到一所大学搞活动，志愿者们来照顾老人。

所有的老人都呆滞地坐在床上，用浑浊的眼睛看着他们热情的样子。

不是电视里演的那般喜悦，我完全没有看到喜悦。

一边是旺盛的生命力，一边是所有的欲望几近消失为零。

我和殡仪馆的工作人员聊过天，他们更平静地认识死亡。和敬老院的工作人员聊天，她们更漠然地面对"老"。

因为每一个人都对岁月束手无策。

我很久都在思索，到底死是生的一部分，还是生是死的一部分？

奶奶走的时候九十一岁，应该算白喜。

奶奶走后，我经常梦见她。梦见她带我去一些陌生的地方，说一些奇怪的话，仍然像以前那样疼爱我。梦境陷在重峦叠嶂的记忆里，醒来就不再明晰。像今天这样清晰的梦，还是第一次。她的手指，她的臂膀，她的重庆口音，她的重量，她的气息，真真切切地停留在我旁边。

我坐起身来，翻看前同事秋子的一篇文章。她写："不知道生命是不是真的存在秘密。或者对一个人来讲，也许他真的早已与某种使命联系在一起。一个人如果感知到了这种神性，是否，就不会再害怕它。"

　　一声轻叹，心里是微凉的安静与祥和。

墓地沉睡的是永恒，
我们是刹那

墓地也像是个中转站，沉睡的是永恒，我们是刹那。

几年都没有回老家去给奶奶扫墓了，发誓今年再忙也得抽个时间回去。因为这两年总梦见她，很想念她。

我爸说我最近身体不好，最好在墓前少待一会儿，也别说话。免得双方都勾起感情，对我不好。

我听得有些好笑，更有些心酸。听起来像是阴间和阳间的爱，在搞一场抢夺。

我奶奶是疼爱我的人，她不会害我，所以我想如果她真的有能力给我安排什么命运，都不会是悲伤的事情吧。只是人类这种生命体自有顽固的眼光和理解，给悲伤、成功、爱，都赋予了自以为的意义，缺乏真正辽阔的尊重。

我在奶奶的墓碑前待了很久。没有磕头，觉得都是自己家里的人，她活着的时候我也没磕过头，别扭。烧了些纸，女儿非要跟上来烧，被火熏得不行，缩到一边问这问那。

"为什么要烧纸？"

"这是在给太奶奶送钱。"

"这是钱吗？"

"烧到那边就是钱了。"

"那边是哪边？"

"人死了待的地方。"

有风刮过来，纸灰旋起来。大雄说，你看你看，这就是太奶奶来捡钱了。

孩子专心地吃糖，没有太大的反应。

我爸还是怕对我跟孩子不好，叮嘱几遍叫我快点下去。我和大雄就领着孩子先到车上去等。孩子呡着一颗糖，手心里握着一颗糖，忽然说："我刚才应该把这个烧给太奶奶。"

大雄立刻表扬了她，觉得她很有爱心。我有点难受，我奶奶是 2010 年走的，我女儿是 2012 年出生的，她们没有见过，如果人真的泉下有知，她该多么感动啊。

下坡的路特别长，我爸的脚又不好，走了老半天。我妈搀着我爸，虽然也嫌路不好走，但是她用很大的声音说："妈走之前就交代了，一定要把她埋在高高的地方，后人才会升官发财。"我妈觉得现在我们条件好了，全要感谢我奶奶的墓地选得好。

位置确实好，在一个向阳的山坡，下面是一条宽阔的大河。天空高远，山脉蜿蜒，大风凛冽。

开车到山脚下已是中午，沿途看到有人带着孩子，抱着宠物，在一排排墓碑里寻找自己故去的亲人。有句诗讲"清明时节雨纷纷，路上行人欲断魂"，我倒没见到一个欲断魂的，个个有说有笑，带着春游的快乐。倒不是说这有什么不好，我也不主张一个人靠永远沉浸在悲伤中来突出孝，只是觉得生与死的界线，是那么刚劲有力，不容置疑，而事实上，它也并没有改变什么。

凯特琳·道蒂在《烟雾弥漫你的眼》里写解剖："他曾经也是高贵的、奇妙的生物，就像独角兽和狮鹫。他是圣洁和世俗的混合体，这会儿在生命与永恒之间的中转站，跟我困在一起了。"

墓地也像是个中转站，沉睡的是永恒，我们是刹那。在2017年4月3日的一个刹那，我的孩子手心里握着一颗湿漉漉的奶糖，想像她的长辈一样对逝去的亲人表达一点儿爱。

那一瞬间，生老病死变成了一件纯洁的事，阳光很暖，风很甜。

半世夫妻三生情

她一生的无私付出最终有了最有力量的幸福回报。
他一生未了的歉疚最终有了最美好的完结。

经济学家张宏驰在夫人去世后，竟从天津乡下领回来一个老态龙钟的文盲老太太，让她成为继室。这令他的儿子张成和张敢百思不得其解。2009 年 11 月，张宏驰辞世，千万财产要分给老太太一大半，儿子张成万分不满和不甘。在企图阻止继母继承遗产的过程中，他追寻着父亲的情感轨迹，经过层层剥茧抽丝，他发现了父亲和继母的一连串秘密……

2009 年 11 月 5 日，下午三点多，八十四岁高龄的经济学家张宏驰突发心脏病。在被送往医院途中，张宏驰还有短暂意识，他拉住儿子张成的手艰难地叮嘱："要是我熬不过去了，你和弟弟，一定要照顾好王姨……"

　　王姨是张成的继母王秀珠。张成和弟弟张敢都没有料到，这竟然是父亲的遗言。

　　当天晚上，张宏驰因医治无效，与世长辞。张成和张敢悲恸欲绝，更对父亲的临终嘱托万分疑惑：父亲是大学教授，再婚为何要娶一个文盲？父亲为何对这个农村老太太感情这么深？临终遗言，子孙他一个也不提，单单交代"要照顾好王姨"！

　　张成兄弟对此事百思不得其解，对父亲也多少有些怨气。

　　张宏驰 1925 年出生于天津，是北京某大学的教授，享受国务院颁发的政府特殊津贴。张成在父亲的盛名之下成长，继承了父亲踏实坚韧的品格，年纪轻轻就成为中关村一家科技公司的总裁。

　　1996 年，张成的生母冯华去世。怕父亲晚年生活孤寂，张成和张敢都希望父亲续弦，却被父亲一口拒绝。五年后，父亲忽然打电话来，让兄弟俩回家。张成和张敢匆匆赶回去一看，家里多了个陌生老太太！她衣着土气，一脸皱纹，满头白发，一问，老太太七十多岁了，是从天津农村接来的，父亲准备和她结婚！

兄弟俩震惊得说不出话来。父亲如果找个老年女性知识分子做伴儿，有共同语言，属人之常情；或者找个没多少文化但比他小十几二十来岁的漂亮女人，也可以理解。可这个年龄又大又没文化的农村老太太，究竟哪点吸引了他？

听说父亲第二天将和这个叫王秀珠的女人去领结婚证，张成兄弟怕父亲不高兴，所以没敢反对，但一时又无法接受这个继母。于是他们试探着问父亲与这个女人是如何认识的。父亲不悦，说："我的事情不用你们操心！"兄弟俩对视了一眼：父亲不是老糊涂了吧？

父亲与王秀珠结婚后，兄弟俩都对她很冷淡。他们很少回父亲家，即便逢年过节回来看望父亲，也很少与她说话。王秀珠话不多，在张成的印象里，她永远都只是在家里收收拣拣，从来没有刻意讨好过兄弟俩。

现在父亲忽然去世，王秀珠将要参与遗产分配。父亲一生向学，硕果累累，生活又极其俭朴，学校分配给他的位于北京三环以里的两套住房，加上多年的津贴、著作版权费、收藏的字画等，总价千万之巨。张成和弟弟更加愤愤不平——一个七十多岁的村妇，能嫁给他父亲已是一步登天。这八年来，兄弟俩对她谈不上敬重倒也客客气气，她在北京享了八年福已经是人生的造化，她有什么资格分父亲的遗产？

但兄弟俩的身份、地位、学识和修养，使得他们纵然心有不满，做事也在情在理。2010年1月，两人开始办理父亲的身后事。由于王秀珠也是高龄老人了，耳背、眼花、行动迟缓，张成虽有一百个不情愿，也不得不亲自奔波，去为她代办一切遗产继承的手续。

2月初，张成来到王秀珠的老家天津市郊。王秀珠终身无子，很多东西由其妹妹王佩娥的孩子赵亮代为保管。张成兄弟俩与王秀珠的亲戚从来没有过半点儿联系，此次为办继承手续才相互认识。听说张成来拿材料办理继承手续，赵亮非常高兴，主动地搬出了家里放材料的木箱。在箱底，张成看到一本发黄的家谱，打开一看，他万分震惊：王秀珠的母亲竟然是张宏驰父亲的表姐！也就是说，王秀珠和张宏驰是表亲关系！而三代以内旁系血亲的婚姻在法律上是无效的！

王秀珠的妹妹和赵亮知道此事吗？至少他们肯定不知道近亲婚姻无效。张成不敢声张，只是悄悄将家谱放进公文包。这时，他发现了更令他震惊的事——在王秀珠珍藏的物品中，竟然还有一份离婚证书：张宏驰，王秀珠，青海省共和县，1955年结婚，1965年离异。他们竟然曾经有过长达十年的婚姻！这到底是怎么一回事？

太多的意外纷至沓来，令张成心乱如麻。他将全部材料都带上了。告别了王佩娥一家人，张成立刻打电话给弟弟："爸和王秀珠有血缘关系，婚姻无效，她没有继承权！"张敢也万分诧异，更加疑惑："你为什么不问问王秀珠的妹妹到底是怎么回事？"张成说："我一心想着王秀珠没有继承权，别的事没敢惊动他们。等我回来再和你商量怎么办。"

一路上，看着铁轨旁笔直的电线杆呼啸着后退，张成心潮起伏。难怪父亲对他和王姨的相识经历讳莫如深。张成明白，只要他向法院提起诉讼，就意味着王秀珠从这场无效的婚姻里得不到任何遗产，她将净身回到天津杨柳青镇。这对于一个糊涂的年迈老人而言，是不是太残忍了？可是父亲在世时，一家人也对得起她。不是进入这个家庭，她怎么能出入坐小轿车？怎么能有保姆照顾？怎么能气定神闲地莳花弄草？而她对这个家庭并没有付出过什么。

张成纠结一路，最终还是决定起诉。想到王秀珠并无子嗣，一个人回到天津未免凄凉，张成和弟弟商议，每月付给她一定的养老金。

2010 年 3 月 25 日，张成向北京市海淀区人民法院提起诉讼，要求判决父亲与继母的婚姻关系无效，请求依法取消继母王秀珠的继承权。

因为胜券在握，张成有了一丝歉意，决定回去看望一下继母。一进家门，他看见王秀珠正坐在阳台上晒太阳，身上披着父亲生前常穿的灰色大衣，那风烛残年、行将就木的凄凉晚景，让张成难免有一丝心酸。他问："王姨，你和我爸爸在 1965 年离过一次婚？为什么你们结婚又离婚？"王秀珠半晌才听清，迟钝地叹了一声："你爸爸读了很多书……多少年了啊……"

是啊，半个世纪过去了，那时离婚是一件惊天动地的大事，这是怎样一段感情？张成再追问下去，王秀珠却已语无伦次。她苍老得说不出一句逻辑正常的话，只剩下悲切混浊的泪水。

几天后，张成到弟弟家做客，与弟弟、弟媳议论起继母的事。弟媳提醒兄弟俩："爸临终前交代我们要对得起王姨，我们都答应了。现在他尸骨未寒，我们却剥夺她的遗产继承权，是不是有点儿过分？"张成心头一震。

父亲为什么对一个村妇如此情深义重，这背后一定有着不为人知的故事，自己不能做出不孝不义的事。张成决定再赴天津，搞清楚事实，决不让父亲在九泉之下难以瞑目。

6月初，张成再次来到天津杨柳青镇。

王秀珠的妹妹王佩娥，得知张成是来追寻张宏驰人生轨迹的，不禁老泪纵横。她告诉张成，张宏驰和姐姐王秀珠是青梅竹马的表兄妹。在那个愚昧的年代，表亲可以成婚。1944年，两人举行了传统结婚仪式，拜了天地。

同年，张宏驰考入辅仁大学社会经济系。为了支持他念书，王秀珠来到北京，在有钱人家中浆洗衣物、被服，挣钱供张宏驰读书。

年轻的感情，动荡得如同惊涛骇浪。张宏驰在求学期间，喜欢上了漂亮的城里女孩儿。而且，读了书的他，知道了近亲结婚是违背科学和伦理的。

1947年，王秀珠和王佩娥去大学看望张宏驰。张宏驰根本不愿意同学们知道他结了婚，见姐妹俩找来，暴跳如雷："谁让你们来的！"王秀珠只好拉着王佩娥快步离开。王佩娥至今还记得，那天为了去见姐夫，她和姐姐穿的都是没有一点儿补丁的、最好的花衬衫。她们一来一回，徒步走了整整一天。她天真地问："为什么姐夫不高兴？"姐姐回答说："读书的时候是不准结婚的，他怕同学知道。"王佩娥信以为真。直到几十年后她才知道，当时的学堂并没有这样一条规定。在那个烈日炎炎的中午，王秀珠独自咽下委屈，丝毫没让妹妹发现端倪……

1948年，张宏驰大学毕业。1955年，想到当初结婚只拜了天地，王秀珠的父母为了巩固两人的婚姻，逼着两人到民政部门登记结婚。

20世纪60年代初，中国开始大面积闹饥荒，北京也不例外。最残酷的时候，走在路上吃馒头都会被饥民哄抢。为了把粮食省下来给张宏驰吃，又不会被人发现偷去，王秀珠缝了个小布袋拴在腰间，把自己的口粮省下一半放在布袋里，晚上睡觉都攥在手心里，等着丈夫每周回来，让他吃一顿饱饭。

王秀珠瘦得皮包骨头，却守着她的布袋，一直把食物留存下来。她无数次饿晕在大堆要浆洗的被服前，清醒后又拴紧她的布袋继续干活……听着王佩娥的讲述，张成心里波涛汹涌。如果一个人能在自己的生存都受到威胁的情况下，把活下去的希望留给另一半，那样的爱情是多么不容置疑！

1961 年，王秀珠告诉妹妹，自己没有文化，怕将来被丈夫看不起，她也在自学，还想在北京城找一份工作。几经申请，街道办事处把王秀珠安排到一家工厂工作。为了更好地照顾丈夫和公婆，王秀珠毅然将公婆接到了北京。

而张宏驰却在这时向上级申请到青海工作，夫妻两人分居两地。1962 年的一天，王秀珠回到娘家，一进门就痛哭不止。她告诉妹妹，张宏驰不但不回家，并且怂恿父母与她分开住。直到那时，她才意识到，这段婚姻已经不能再靠她卑微的讨好和无私的付出维系了。

可即便是回娘家，王秀珠还是来到张宏驰的父母家帮忙干农活。她卑微地爱着他，拼命打磨自己，希望与他比肩，和这个对她寡情的男人拥有天长地久的美好婚姻。

1965 年夏，王秀珠和王佩娥一起到青海去看张宏驰，发现他穿着时髦的的确良衬衫，头发梳得油光可鉴。张宏驰仍然很不高兴，提出两人之间已没有感情，并且近亲结婚是违法的。王秀珠想了想，对王佩娥说："他要怎么样就怎么样吧，我不能拖累他。"就这样，两人平静地在青海办理了离婚手续。

王秀珠将一个女人一生最好的年华都奉献给了张宏驰，却没有一丝怨言。但王佩娥清楚地记得，姐姐回到娘家后，三天粒米未进，哭得天昏地暗。整个镇子的人都知道她被读大学的丈夫抛弃了。姐姐在家待了两个月，出去还要替丈夫解释："不是他品性不好，是我们近亲结婚，这是违法的……"

不久，王秀珠回到北京上班。因为年轻时洗被服浸了太多凉水，她患了严重的风湿性关节炎，关节粗大，双腿不能弯曲。王佩娥去北京看望姐姐，哭着帮姐姐按摩变形的双腿，心里为姐姐不平：当年，她为供张宏驰读书，替人洗衣才落下了关节炎，难道姐姐一生的命运就是为了成就和成全张宏驰吗？

1967 年，张宏驰与张成的妈妈冯华结婚。后来，张宏驰被调往北京任教。听闻前夫结婚的消息，王秀珠终于在亲友的撮合下，与一个离异退休职工结了婚。

赵亮拿来姨妈和姨夫的照片，张成一看，惊呆了！照片上，王秀珠的丈夫，是深深刻在他童年记忆中的那位陈叔！

照片上的男人，正是被爸爸称为"乡下亲戚"的老陈，老陈常常给张成家送粮送面。那时，张成和张敢还小，但一见到陈叔，他们就知道，"世上最好吃的东西来了"。他上小学时，看到有小朋友穿军装，也想要一套。陈叔知道了，就将自己家半年的布票给了妈妈，妈妈用这些布票买布给张成做了一身军装。1977年父亲赴英留学后，家中一时拮据，陈叔还曾送钱来。那些支离破碎的记忆像彩色的真实生活中忽然闪过的黑白镜头，温暖而令人心碎。张成无论如何都想不到，幼年记忆中那位陈叔，竟然是王秀珠的丈夫！他立刻打电话告诉弟弟："你还记不记得，小时候家里经常出现一个陈叔叔。他是王姨曾经的丈夫啊……"张敢在电话中得知了一切，沉默了许久，泣不成声……

原来，"文革"期间王秀珠听说张宏驰成了走资派，急得六神无主，她对妹妹说："张宏驰从小就没有吃过一丁点儿苦，我怕他熬不住啊！他没了工资，两个孩子吃什么？"为了不让冯华尴尬，她让同样善良的丈夫老陈替她去看望张宏驰一家，每个星期都给张家送吃的。张宏驰赴英留学期间，王秀珠夫妇毅然表态：两个孩子，他们寄钱来养。

当时王秀珠的工资是每个月十八元。他们每个月寄给冯华六元，还有一些粮票、油票。而她自己一件衣裳，却是"新三年，旧三年，缝缝补补又三年"……

20世纪70年代末的一天，有学生送给张宏驰一罐麦乳精，他舍不得喝，拿给王秀珠。看到她家的枕头上还打着补丁，张宏驰大约觉得刺眼，伸手拽过来给翻了个面，没想到背面的补丁更多。张宏驰叹了一声："年轻的时候不懂事……我这辈子唯一对不住的人就是你，不知道还有没有偿还的机会。"王秀珠说："等你有了出头之日，就送我和老陈一对新枕头。"

1990 年，老陈因病去世。张宏驰前来为他送终。追悼会上，他老泪纵横，送上亲手写下的挽联："手足情笃几度生死未曾离左右，肺腑言箴从来荣辱不计守炎凉"。

此时，张宏驰和王秀珠都已年过花甲，再多恩怨都已被岁月打磨平整。那之后，王秀珠回到天津老家安心颐养天年，与妹妹一家住在一起。

2001 年初，赵亮忽然接到一个电话，是找王秀珠的。七十多岁的王秀珠颤巍巍地走进堂屋，电话的那一头，是七十六岁的张宏驰。

王秀珠很快听出是他，她把电话捧在耳朵旁边大笑着说："你大声点儿，我耳朵听不见啦！"眼泪却一泻而下。两人又哭又笑，很多话不断地重复着。

张宏驰对王秀珠说，自己从一个老家朋友处打听到她的电话。他的老伴在几年前也去世了，两个孩子都已成家立业，他却感到了生活的孤苦。他说："你到北京来吧，我们都是没几年光景的人了，我们一起过吧。谁知道人还有没有下辈子呢？"王秀珠毫不犹豫地说："好哇。"话一出口，哭得一塌糊涂。

2001 年 3 月，张宏驰亲自到杨柳青镇接王秀珠，赵亮送姨妈进京。晚上，张宏驰在学校的餐馆里请王秀珠和赵亮吃饭。因为王秀珠走路不方便，张宏驰怕她摔倒，一直牵着她的手。

赵亮每年都去一趟北京看望姨妈。在最后的两年里，两人都有些糊涂了，但张宏驰有时会费力地俯过身去吻她，她还像少女一样笑……

张成怎么都没有想到，他得到的是这样一个缠绵悱恻的故事。这个平凡的女人贯穿了父亲的整个生命历程。如果连她都没有资格继承遗产，这世上就再没有人有资格了！他眼含热泪回到北京，与弟弟商议：递交撤诉信。

2010 年 6 月 10 日下午，张成得到撤诉通知后，立刻回到父亲家中看望继母。王秀珠还坐在阳台上，像几个月来没有动过一样。她静静地看着外面的世界，眯着眼睛，仿佛快要睡着了。阳光罩在她身上，有一种祥和的光辉。

张成泪如泉涌，蹲下身，将脸轻轻放到王秀珠骨节已变形的大手上，唤了一声："妈妈……"王秀珠愣了一下，伸手摩挲他的头发。张成深情地说："不管您的思维是不是清晰，我都想告诉您，我去过您的老家，了解了您和我父亲的过去。您是一位伟大的母亲……"

如果王秀珠听得懂这些话，那么她一生的无私付出终于有了最有力量的幸福回报。假如张宏驰在天有灵，他一生未了的歉疚终于有了最美好的完结。

真爱，无惧生死

路线可以修正，时代可以改变，政权可以更替，
唯有个体，绝不能陷入万劫不复。
无论任何时候，家庭的完整和幸福都应该被置于一切之上。

2011 年 1 月，乌克兰冰天雪地。二十四岁的中国小伙儿李维从高尔基大街萨米特市场出来一看，车不见了！

李维十分崩溃，在人生地不熟的乌克兰，打电话报警他都说不清楚。沮丧之下，他只得向一个乌克兰朋友求助。朋友一拍脑袋："我认识一个在中国留学的女孩儿正好放寒假在家，我叫她来给你当翻译吧！"双方商定李维付给那名叫安娜的姑娘一天一千格里夫纳。很快，安娜如约而至。李维愣住了，天哪，她真漂亮。

安娜一开口，李维更诧异："你普通话比我还标准呢！"

安娜笑了："我十六岁开始学汉语，今年被公派留学到上海，在中英对外汉语教学专业读硕士。"有了这个沟通零障碍的乌克兰美女开路，接下来的事完成得十分顺利。安娜替他打电话报警，又一起到基辅警局做记录，陪他四处奔波办理各种手续。基辅市零下9℃的低温，李维心里暖洋洋的。

晚上安娜带他去吃了基辅最有名的"乌克兰红菜汤"和"基辅肉饼"。到乌克兰三个月，李维第一次有"做客"的感觉。他盛情邀请安娜下次到中国时去他的故乡湖北游玩。李维来自湖北一个小乡村，风景秀美，民风淳朴。大学毕业后他跟随亲戚做灯具生意。今年亲戚的生意做到了乌克兰，他过来开拓基辅的市场。

从饭馆出来，俏皮的安娜去踩马路上的冰。不料冰已经在阳光下融化，安娜一脚踏破薄冰鞋子进了水。李维紧张地问："冷不冷？在这儿等着，我去给你买双新鞋。"说完他向商场飞奔，溅起一路细碎的小雪花。

安娜换上新鞋，死活不肯收他的"翻译费"。李维的钱拿在手里，再塞也不是，收也不是。他拐着弯问："你不收钱我们不就成了朋友关系了？这样给你男朋友知道会不会不好？"安娜笑："我没有男朋友！"李维大喜过望："不会吧！你这么漂亮怎么可能没有男朋友？！"看着安娜撇撇嘴，一副将他看穿的伶俐模样，李维腼腆地笑了。

美好的爱情一发不可收拾。安娜一开学，李维就追随她回中国，带她游历家乡。李维住在五湖，这是个特别神奇的地方。丰水的夏天，鱼儿们游入仙桃市五湖渔场东荆河外滩的万亩芦苇荡中。枯水的冬季，这些被大自然养肥了的野鱼，无法再回到大河，成了瓮中之鳖。村民们在堤坝里栅起围栏，将鱼儿赶到网中，当地人管这个叫"放濠"。安娜来时，正赶上放濠，渔歌阵阵，水鸟飞旋。附近的城里人涌到这里，看村民将成千上万的鱼儿捞起，装车买回家。

更神奇的是，每年6到9月汛期，村子里是一片汪洋，村民开门见水，出门靠船，连八十岁的老太太都会开机船。汛期一过，路才显现出来。

安娜啧啧称奇：难怪村民的房子都做得很高，家家户户有台阶。想象一下水淹起来，串门儿都要开船，多有意思！

两人感情越来越浓厚的2012年底，安娜的母亲突然病重。安娜不得不休学三年，回到基辅照顾家人。

李维为了帮她分担，更加勤奋地工作，开始中国、乌克兰两头奔波。

2013年11月30日上午，安娜忽然打来电话，由于乌克兰政府暂停与欧盟签署联系国协定的准备工作，同时将加强与俄罗斯的经贸关系，上万民众在基辅市中心独立广场举行抗议活动，她的邻居、亲友都去了。抗议者还占领了基辅市政府大楼，街上人头攒动，政府出动了武装力量。

身在武汉的李维一听，脑子里轰的一下没了方向。他持的是一年多次商务签证，必须在上次离境期满九十天后方可再次入境。现在还差五十多天。安娜安慰他："别担心我，我会照顾好自己。"李维仍如坐针毡，他对安娜千叮万嘱："所有的抗议、游行，你都不要去参加。我爱你！你不能出一丁点事！等我过去接你！"安娜答应了。

除了每天和安娜通电话，李维无时无刻不在紧张地关注政治局势。2014年2月中旬，李维重新办理了商务签证，在全家人的强烈反对下从广州飞往基辅。下飞机后过海关，不料竟被海关拦下。因为李维递交的签证资料上必须有乌克兰方面邀请资料，邀请函的出具单位是李维经营灯具的亲戚的一个好朋友，是个华人。由于局势不稳，2013年底乌克兰物价飞涨，该老板已变卖公司回到中国。海关联系不上公司负责人，决定遣返李维。

李维急了，连说带比画，表示自己是来乌克兰探亲。然而海关人员不由分说将他原机遣返。

飞机在广州一落地，李维就接到安娜焦急的电话："你没事吧？"李维这才知道，就在两个小时前，基辅市数千名示威者举行"和平进军"的示威活动，要求议会恢复 2004 年宪法。随后，防暴警察和内卫部队军人发生激烈冲突，造成近百人死亡，九百多人受伤。安娜平生第一次听到枪声，打李维的电话不通，她五内俱焚，只身一人上街找车去机场。但数条交通中断，没有出租车愿意营业，安娜一边哭一边不停地打电话给李维，终于接通了……

电话那端，军人操着俄语在喊叫什么，奔跑的脚步声、示威的口号、坦克轰隆隆驶过，偶尔的枪声会带来几秒钟寂静……李维的眼泪一下子奔涌而出："快回家！哪儿也别去，我一定想办法把你接过来！"

可基辅从此不再安静。2 月 19 日晚，安娜到便利店发现面包被抢购一空。更令人忐忑的是，因为抗议组织有专门的部门负责招募"志愿者"以壮声势。每人每天可以领到二百至四百格里夫纳。政治的不稳定导致乌克兰的失业人口一下子增多，失业的建筑工人去示威还有钱拿，他们乐此不疲。各种游行、示威不断。

2 月 22 日，安娜告诉李维，母亲支气管炎复发，她冒险带母亲来到基辅市第 12 医院，台阶上到处都是游行受伤的民众，条件也不太好。虽然住院是免费的，但基本上没有什么好药。人们都在哭泣。李维听得心惊肉跳……情急之下，他打电话给基辅的一个生意伙伴，请求他关照女友一家。然而朋友无奈地告诉他："你不知道现在华商有多艰难，乌克兰海关找各种理由不让你的货进来，要么就是提高关税价格。这边的海关收费没有标准，甚至早晚的价格都不同，但只要交了钱就能顺利通关。因为法律不健全，腐败无处不在。我准备回国了。"

3月，李维终于接到安娜从乌克兰快递过来的办理探亲访友签证的材料，立刻递交大使馆办理签证。恰逢乌克兰就克里米亚地位问题举行全民公决，乌克兰危机不断加剧。4月29日，李维心急火燎地飞赴基辅。一下飞机，李维就看到安娜在出口望眼欲穿。四目相对，李维扔下行李紧紧拥抱住女友，泪水滚滚而下。

两人坐巴士回家的路上，李维看到一群蒙面人衣着统一、手持火把，另一部分人用路障阻拦，双方起了肢体冲突。"拿火把的是亲乌民众，他们想游行到独立广场纪念2月中和警察发生冲突死去的人们。防卫志愿者在挡住他们。"安娜向李维解释。李维侧头去看，不料一只军靴"呼"一声砸破车窗玻璃，顿时，轮胎烧焦的强烈气味传来，车外一片骚乱，李维用力将安娜搂进怀里……

两人心惊胆战地回到安娜位于基辅市的家中，李维和安娜一起同她的母亲商量：将安娜在顿涅茨克的父亲叫回基辅，一大家人一起去中国。这次李维有备而来，带来了申请涉外婚姻表格和资料、亲属向安娜和其父母发出的邀请函，他准备就在这里和安娜结婚！

　　安娜和母亲泪如雨下："中国有句老话，夫妻本是同林鸟，大难来时各自飞，真没想到你这么有情有义。"

　　由于准备得匆忙，没有婚礼，没有仪式，屋外一片嘈杂，李维将一枚简单的钻戒戴在安娜的无名指上："我爱你，什么都不会将我们分开。"

　　涉外婚姻登记办理好后，送到中国驻乌大使馆办理签证，大家就可以一起走了。但这时岳母面露难色：顿涅茨克已掀起战火，学校罢课、工人罢工，人人自危都不敢上街，安娜的父亲没法回来。

　　李维和安娜一夜未眠，共同商量着对策。"不能落下爸爸。"李维坚定地对安娜说，"你在家里照看妈妈，我一个人去接他。"安娜欲言又止，万分纠结。

　　第二天，李维将他们的资料送到大使馆。当吻别安娜时，他明显感觉到她在颤抖。"我是外籍，他们不会伤害我。"说这话的时候，李维自己心里都没底。

　　顿涅茨克国际机场已被乌克兰政府军占领而停用，李维必须坐十三个小时火车到顿涅茨克。但顿涅茨克火车站附近正在交火，列车服务员也不确定火车能否带他到目的地。上火车后，同车的一个顿涅茨克人会讲英文，他好心地安慰李维说，只要到顿涅茨克附近，他会让朋友开车来接他回顿涅茨克，可以顺便捎上他。否则就凭他一个语言不通的外国人，很难从公路进入顿涅茨克，因为沿途有很多亲俄武装所设的哨所，而他一无翻译，二无顿涅茨克新政权所发的通行证。

果然并不顺利。火车走到第聂伯罗彼得罗夫斯克，据说顿涅茨克火车站被流弹破坏严重，火车不再向前行驶了。李维只得和在火车上结识的朋友一起下车，在第聂伯罗彼得罗夫斯克找地方住下。

这一住就是二十几天，李维心急如焚。第聂伯罗彼得罗夫斯克住着很多顿涅茨克逃难过来的居民，他们告诉李维，顿涅茨克几乎每天都有居民死伤，现在留下的，都是没办法的人。

5 月 26 日，李维终于搭上朋友的便车，一起来到顿涅茨克。街上人烟稀少，飞机轰隆隆地在天空盘旋。好心的顿涅茨克朋友将他放到岳父的住所楼下，李维狂奔上楼。此时忽然传来炮声，岳父立刻把窗户关上，才返身过来拥抱他。"你不该来。"岳父泪眼迷蒙。生死线上，两人一句话说不出。

随后，岳父打电话询问情况，却发现电话已经打不通。他焦虑不安中打开电脑，幸好网络还通。网上说火车站遭到轰炸，当场死了两个人，机场那边政府军和武装分子正在激战。枪炮声不绝于耳，李维从未听过那样清晰真切的战争的声音。"哪儿也不要去，每天都有被流弹击中的人。"岳父对回基辅没有什么信心，李维更是恐慌。枪战持续了整个下午。第二天，顿涅茨克市长发布了安民告示，让大家不要惊慌，尽量待在家里不要出门，不要去火车站与机场。

只有等。李维一面在网上宽慰妻子，一面留言向远在中国的父母"报捷"："没有国内报道的那么可怕，城市里面一切都井然有序。"他心里明白，必须活着，必须成功把一家人带回中国，才能不辜负所有的亲人。

火车站离家不远，李维想去证实一下，看它到底被破坏成什么样子。深夜趁岳父熟睡，李维悄悄出门了。他一路打听着来到火车站，见大楼安然无恙地立在那里，只是少了几块玻璃，看来没像说的那样糟糕。售票大厅已经恢复售票，被飞机流弹打死人的地方仍然围着警戒线，地上的血迹早已凝固，上面放着几束鲜花。

李维购买了第二天回基辅的火车票，迅速离开。回到住所已是凌晨，岳父发现他不见了，大惊失色，一直坐在沙发上等他。李维拿出车票和他商量回去的事，岳父仍然心有余悸，犹豫不决："再等等，也许局势会稳定一点儿？"这时两人忽然听到楼下有电锯的声音，他们伸头一看，几个小伙子正在锯楼下的防盗窗，那户人家已经逃到俄罗斯了。岳父赶紧打报警电话，不通；火警，也不通。"这里不能再待下去了，就算不战死，也可能因为治安混乱保不住命。"在他的鼓动下，岳父终于决定和他一起赌一把。

当地28日下午4点多钟，李维和岳父刚下楼，忽然低空盘旋的飞机投下两颗流弹，就在离两人不到二十米远的地方爆炸了！一股热浪袭来，李维本能地将岳父一拉，就地趴下。紧接着不远处传来"嗒嗒嗒嗒"的枪声，子弹擦着李维的耳朵飞过，发出金属凄厉的声音，打得对面的墙壁石屑四溅。

枪声停止后，两人狼狈地逃回出租房。一直挨到晚上6点，外面终于安静下来。他们战战兢兢地重新出发。一路上一大半便利店都没有开门，余下的店铺也买不到水和食品。两人饥寒交迫，赶到火车站。在晚点四个小时后，火车终于出发了……

看着战区逐渐远去，火车上忧心忡忡的乘客们这才如释重负。岳父感动地对李维用俄语、乌克兰语交流，李维只听明白一句："你父母把你养这么大也不容易。"他也不禁眼眶湿润："您和妈妈也是我的家人。"

回到相对安全的基辅家中，一家人抱头痛哭。生命是如此可贵，亲人能够相亲相爱，就是天堂。这时安娜走过来，含泪对他说："爸爸妈妈说，我认识你是这辈子最棒的事。"李维宽厚地笑了。在他心目中，什么担当和果敢都是高帽子，所有的动机都是源于爱。它最自私，也最无私。在他心目中，路线可以修正，时代可以改变，政权可以更替，唯有个体，绝不能陷入万劫不复。无论任何时候，家庭的完整和幸福都应该被置于一切之上。

6月中旬，安娜和他和家人安全地回到中国。应中国、乌克兰有关部门委托，安娜加入了中乌医疗技术交换公益项目团队，义务为中国与乌克兰医疗事业建设架起沟通的桥梁。

2017年1月，安娜和李维的第二个女儿诞生了，和姐姐一样，她漂亮得像个洋娃娃。一家人幸福地生活在一起，是一部真实的童话。

Part 3

永远不要去
考验人性

世上大有赝人在

它是一个真正的宝贝，那么它就应该像一个宝贝那样活着。
它一定要对得起自己的价值。

良小年随严康去文物公司看一枚宋代黄玉马佩。

昨天就听说了这枚马佩的故事：山西曹家老爷妻妾成群，
却偏偏喜欢上了比自己女儿还小的丫鬟黄玉。后来黄玉被他
的妻妾折磨，曹老爷觉得她不够美貌了，便没有伸出援手。
黄玉郁郁寡欢而死。临终前，她把老爷赠送她的这枚黄玉马
佩交给了一个喜欢她的下人。那人便把此物私藏，流传至今。

到了文物公司，那黝黑的太原人早已等候在小会客厅。
寒暄之后，严康接过包得严严实实的黄玉马佩。良小年也凑
过脑袋来，跟着古玩鉴定师严康混了一年半，多多少少有些

鉴定常识。

这马佩雕得精致，严康放到灯下观察了十几分钟，屏神静气。忽然，他说："是个赝品。"太原人顿时火大。这种事，良小年见得太多了。人人拿着祖传的宝贝进来，都恨不能鉴定个价值连城出来。良小年拿过马佩来看。包浆微微泛红，雕工精湛，黄玉成色绝佳，她忽然就有点迷糊了，这上等好的成色，怎么会是赝品呢？

她脱口而出："严老师，不对呀。"严康的脸"唰"地变了颜色，狠狠呵斥道："你懂什么？"话说得有些重，良小年的脸红到了脖颈，心底的委屈和怨恨像雨后的藤蔓，细枝末节地盘升了上来。严康想了想，又把马佩拿出来看，最后仍然给予否定，连鉴定书都不屑于出。

客户走后，严康有点尴尬，磨磨蹭蹭地过来："小良，你上次不是说你妈妈会十字绣吗，我认识一个朋友专门卖十字绣的，你妈妈可以把绣好的拿来卖，挺贵的呢。"

良小年知道这代表示好。她不吱声，但到底只是个小姑娘，感情只受对方态度影响。于是心里漫天的阴霾也开始渐渐明亮。

何况她也明白，自己的鉴定师资格证还要他点头才能拿到手。和他作对总是没有什么好处的。

晚上下班，严康踱过来，当着所有同事的面吆喝："小良，你晚上要没事，跟我去吃饭啊。晚上要到一个客户家去看屏风。"

大家都笑，有人点破："不至于晚上去吧，老严另有图谋，哈哈哈哈。"

严康也笑，再一本正经地冲良小年吆喝了一句："算加班的啊！"办公室哄堂大笑。良小年的脸有点红。严康是公司的红人，他的老师在某《鉴宝》栏目中当过嘉宾，他自己也身价不菲，在北京有房有车，日子过得不错。只是年届四十了，还没有结婚。据说是女友谈了不少，东挑西拣，自己挑花了眼。这样的男人，有专业权威，也有生活瑕疵，平日高高在上，私生活令人好奇，对良小年这种二十出头的小女孩儿的吸引力是致命的——平日不往这方面想便罢，如若遭遇挑逗，无从招架。

严康开着他风骚的红色沃尔沃，载良小年去吃烧烤。这是一个可以卖弄殷勤的餐厅，男士为女士烤东西，刷酱，生菜包好，递到面前来。良小年看着他满头大汗地为自己忙活，心里就有点迷乱了。

严康迟疑着，终于挑起了话题："小良，今天的事你别想太多了，老师也是人呀，也有感情、要面子，对生活有需求呀……"

良小年没太明白，想了一会儿，嗯，老师的错误不需要她去纠正，就算纠正，也不应该当着外人的面吧。她自责地点点头，心就怦怦乱跳起来。

两人即时亲如兄妹，快乐地吃起了烧烤。中途严康还很周道地忽然拿餐巾纸帮对面的良小年拭去嘴角的酱料。这个成熟的男人，他像一个将领，带领她经历着从未有过的奇妙感情，那也许不是爱，可能只是她井底之蛙的钦慕和仰视。但是他能够完全左右她小小的情绪，很好地驾驭进攻的火候。于是就变成了爱情。

那天晚上，自然没有去看什么屏风。那都是借口。吃完饭，严康就送这个小女生回去了。因为它是谎言，而没有人去说破，于是暧昧变成了一团暖洋洋的火。

两人的关系更近一步。严康有需要，一个电话招呼过来，良小年就屁颠颠地跑来打下手。以前做这些事情，是一种对上司的敬畏和服从，现在却变成了一种快乐和亲热。

几天后的一个晚上，严康忙完了一个大单。两人都倍感轻松。还没下班呢，就见 QQ 上他的头像不停在闪："小良，今天我们去轻松下吧。就去 BABY FASH 怎么样？"

这个才开张的酒吧据说一直生意很好，一晚上的消费在一千元以上，良小年还没有去过。

两人一起去吃了煲仔饭。酒吧要十点以后才好玩，还不到时间呢，严康把车开到什刹海，两人坐在车里聊天。

好像不自觉地，就说到感情上去了。严康说了前女友、前前女友，为什么就没有让他幸福的呢。嗟叹之时，他的大手搂过来："小良啊，我能抱抱你吗？"

不等良小年回答，严康就不客气地伸手来揽她。瞬间，彼此身上强烈的荷尔蒙使车窗布满雾气。

9点多钟，两人一起去酒吧。这会儿抱在一起扭来扭去已经十分自然。凌晨，两人喝得烂醉，严康没法开车，打了的士把良小年抱回自己家。良小年觉得，这件事情像做梦一样。她爱他吗？她在被爱吗？她是为了什么而选择了妥协？

这真是一个凡事都没有目的的年纪。她不知道自己到底在要什么，她所能做的，只是跟着自己孱弱的内心走下去，茫然地，无措地，还带着一点儿小女生才会有的莫名其妙的悲壮与欣喜。

接连一周，每天下班严康先走，在公司不远的路口等她。她再像小偷一样跟过去，看看四下无人，钻进车里。严康对这件事的解释是："我们还没有定下来就公开，对你不好。"良小年认为他言之有理。他有过那么多的女友，谁能肯定跟了他就能成呢。

良小年在北京租的房子，贵。她想彻底地搬到严康家里来，又不好意思开口。

周一的早上，严康出去办事，把办公室的钥匙交给良小年："你帮我把上周那个桃木古床的鉴定报告写完。"

他的电脑里，有一个文件夹叫"相片"，这是一个会吸引她随手点开的文件夹。她看到里面有很多张相片，两个人。一个年纪比她大十岁左右的女人，在严康怀里笑得像一朵花。良小年的脑子"轰"一声就大了。这是谁？要去质问吗？自己有什么资格呢？

中午严康回来，走到良小年的办公桌前，笑笑地敲了一下。良小年把报告递给他，装作平静地说："我看到你跟你女朋友的照片了哦。"严康没有任何反应，口气自然得就像在说今天去哪吃饭。他说："是的。她在加拿大。"良小年心如刀绞，她鼓励自己不要失控，如果她发疯般地问他，你以前为什么不说，如此等等，那么话一出口她便先输给了他。是她在一晚上里迅速委身，做完了接吻、抚摸、做爱这一系列的事情，对于一个小女孩儿来说，这似乎本身就不是正常的恋爱进度。

现在他把所有的包袱都推给了她。如果她继续若无其事，那么就是接受做"情人"了。如果她不理他了，他也没有任何损失。她还天真地想和他住在一起以节省房租呢，真是笑话!

没有太大的撕心裂肺，只有屈辱。良小年想了想，觉得自己对他的感情并不是爱。那是一颗井底之蛙的心，和这个年纪才会有的自卑及对她仰视的男人的钦慕。这种感情那么容易让一个年轻的女孩儿妥协，甚至不需要对方太多的经济付出。

严康拿着报告转身进了自己的办公室。

第二天下午，严康在 QQ 上问："今天你要回家拿换洗的衣服吗？带我去你家吧？我还没有去过你家呢。"

良小年没好气地回答："合租的，不方便。"

严康继续央求："没关系，我就去坐坐。我喜欢的女孩子，我也想去她的房间看看。"

良小年的心像奶酪般软下来。

晚上下班，良小年指路，把严康带到家里。房子是三个女生合租的，每个月每人两千块，窗户还是老式的木头的，窗台上放着一个女孩儿养的一盆仙人掌。房子没有阳台，女孩子们的内衣内裤都在窗外的长杆上晃啊晃。

严康感叹："你住的条件这么不好啊！"但是他也没有说让她搬到自己家。他只说："你快拿两件衣服，咱回去吧。"

载良小年回自己家的路上，路过银行，严康把车停下来，拎着包去取钱。过了一会儿，严康满面春风地回到车上。他把一叠钱放在她腿上："你拿着用吧，住得这么不好，真让我心疼。"良小年看到那是两万块钱。这是她好几个月的薪水，她震动地转过脸来看着他，像《色戒》里的王佳芝，看着大戒指，说不出话来。

严康呵呵一笑："我知道……直接给钱可能不太好，不过我实在不知道我能怎么帮你……"

良小年的手没有动，她不好意思把钱装起来。但是她又太需要了。严康伸手打开她的包，把钱放进了她包里："拿着吧，乖。"

良小年强忍着眼泪。她不能相信眼前的事实，原来他是爱她的啊。

她变得很傻，她问他："你为什么要给我钱？"

她以为的答案是，他说喜欢她，心疼她，他说会和加拿大的女友分手。

严康却出她所料地愣了一下，忽然话锋一转："你明天去趟太原吧，那黄玉马佩的主儿又跟那边儿的一家鉴定公司联系上了，那副总我认识，但不是特熟，这事儿我不好亲自出面。"

严康说，她走之前他会再给她两万块钱，让她交给那位副总。"你就自报家门说是我的学生，你说你要买那玉，别的你就不用管了。你放心，他一听就懂，不会给他鉴定出什么好结果来。然后我再找别人做做那大汉的工作，十万八万给他买下来算了。"

良小年的身体一抖，差点没接受这个巨大的转变，心脏像被什么攥住了一样，喘不过气来。

严康补充："我实在是太喜欢了，第一眼就喜欢。我觉得那就是我的，太精美了，我从来没有见过这么精美的马佩……为这事我还专门查了一下资料，太原真的有个曹府，可惜记载并不多。"

严康一直滔滔不绝到停好车。是的，这马佩的市场价至少在百万以上，他给了良小年区区两万元，只是九牛之一毛。他高估了她，他以为她真的看出了端倪，他用性爱笼络她，以便统一战线。他以为她从始至终什么都是明白的。那次的相片曝光，只是一次试探。如果她闹了，就是爱他，爱他的人他哄一哄就会帮他；如果她不爱他，就是接受与他同伙的现实，这是有条件的，用钱可以摆平。但是钱给的既要温情又要让她明白。他都做到了。

他让她自报是他的学生，也是有用意的。不出事，对方副总与他心照不宣，相互领情。一旦出了事，两个主人公都是无辜的。一个专业出错而已，一个毫不知情。

这世界如此缜密，只有一疏。

这其实，她是第一次接触黑幕。

她没想到却连自己的身体都搭上了。

良小年说："我有点晕车。"

进严康的家门，良小年冲进卫生间，哭。真相大白，需要太多的勇气去面对。她因压抑声音而流鼻血。她看着血顺着鼻尖一滴一滴落到洁白的瓷盆上，她一直保持着这个姿势，她想我也许会死，那么就这样吧。

第二天，良小年请假，来到太原。三万里英尺的高空，云像海洋一样温柔地铺开。

按照严康给的电话号码，良小年找到那太原大汉。对方非常吃惊，却又带着欣喜。他相信她，信任是一种奇特的好感，因为她质疑过领导的鉴定，赞美过他心爱的宝贝。

良小年说，你能把那黄玉马佩再拿给我看看吗？

九百年过去了，曹府的小丫头早不知魂归何处，不知是否记得世事凉薄。唯有这黄玉马佩流存于世，光洁淳良，温润如初。

良小年轻轻地握着它。它是一个真正的宝贝，那么它就应该像一个宝贝那样活着。它一定要对得起自己的价值。

她说："这是个绝世珍宝啊。我来，就是为了说这一句话。"

她的眼泪滴落在这珍世的黄玉身上。良小年在心底哀叹，九百年前的小丫鬟是否阴魂不散，将这卑微的感情附于它身，于是世上又多了一场枉爱呢？

当精明碰到天坑

生活泥沙俱下，不知道从什么时候起，
她和大多数人一样开始着急把感情折合、套现，
然后全世界都成了奸商，防不胜防。
这些小清新在铆着劲儿变老变精明的路上，总要有人闹些笑话吧。

多米乐被逼去相亲，相得越多，越觉得相亲队伍简直就是奇葩聚集地。她开始心灰意冷应付差事时，碰到了王向东。

王向东属于一切都不出众，但拼在一起也不掉价的男人。他很节约，随身携带餐巾纸，以免在餐馆里买高价纸巾；他讲话有分寸，不会在关系还没熟到一定程度就公开谈性；他车技不好，开车温暾，在路上习惯谦让；他对于"吃

什么""去哪儿"都没有主意，主意都靠多米乐来拿。总之这个男人一出手，脸上就写着"老实"俩字儿。多米乐深知自己不会爱上他，这样更好，一个女人只要不嫁给自己特别爱的男人，怎么都不会过得很差。

两个人不温不火地谈了一段时间恋爱。一天傍晚吃完饭，王向东说到湖边走走。一路上，他铺垫了些情话，然后揽住她要亲。多米乐本能地把头一偏，他的嘴追过来，锲而不舍。她只好放弃了一部分自我，亲就亲吧，哪有谈恋爱不接吻的呢？

这个吻接的，就像啃一块木头，王向东口腔里甚至有木头碎屑的气味。

王向东觉得接了吻，就正式确定了恋爱关系。他很高兴，送她到楼下，他拿出一只木盒子："托朋友买了瓶红酒给你。"

多米乐看到这盒子被好多层泡沫包住，这得多金贵，还裹得里三层外三层。相识个把月，他确实也没有送过她什么东西，估计想送礼物又怕白送，今天晚上先把吻接了，吃到定心丸才舍得付出。

多米乐说："我不要，我不喝酒。"

她实质上是抵触这样的他。他的姿态中透着底层人的世故，会在一些特别小的事情上算计，缺乏雄性的攻击感。

王向东没领会她的心思，实心实意要给。多米乐没办法，只好拎着酒上楼。

洗完澡出来，多米乐看到手机上有王向东的消息："早点睡，宝贝。"

这是他第一次叫她宝贝，看来一个吻，一件礼物，在他心中就是关系的突破。那要是她今天晚上硬不给他吻呢？或许这瓶酒还躺在他车里？又或者过段时间会去别的女孩子那里？

不一会儿王向东又发消息来："睡前记得喝一小杯红酒。"五分钟后还补一条："喝了吗？怎么样？"

到底是多么高大上的酒，让他一再提及。

多米乐跳下床，用手机扫码查价格。天，竟然是 98 块一瓶。

简直了，奇耻大辱！就这还值得他那么紧实地包裹？就这还值得他一说再说？想想他是一个吃饭时连餐巾纸都要算计的男人，做这么胜的事也不足为怪。

多米乐在心里啪地给他盖章：奇葩。

第二天王向东约多米乐看演唱会，她果断拒绝。

下班了约小姐妹去逛街，多米乐忍不住跟大家吐槽："送几十块钱的东西就自我感觉这么好，这样的人你要是指望他买件衣服啥的，他还不得上天啊。"

小姐妹们纷纷附和："脑残就是多，活该找不到女朋友。"

聚众笑话男人真的很快乐。虽然笑话完了会觉得有点空虚。

第三天，王向东又打电话来，多米乐再次拒绝。王向东意识到情况不对，他问："你怎么了？"

"没怎么呀。我挺好的呀。"

"我觉得你很冷淡。"

"不冷淡呀，我就是这样的呀。"

王向东叹了口气："你有什么事就直说，你这个腔调搞得我也不知道我哪儿做错了。"

"哪有，你怎么会做错呢，你也挺好的。"

王向东明显不喜欢她这样。他"哦"了一声再次提出邀请，被明确拒绝后，他说"那好吧"，就把电话挂了。

他还挺有骨气，完全不知道自己有多白痴。

多米乐跟介绍人汇报了两人不合适，继续去相亲。

过了几天，王向东打电话来问她："听说你和介绍人说咱俩不合适，但是又没有说原因，我能问问原因吗？"

多米乐很想跟他说，你小气也就算了，还笨。不舍得送东西就不要送，干吗给个便宜货还这么隆重。

"你不是我喜欢的类型。"她最终委婉地说。

"之前不是好好的吗？是不是那天晚上我亲你，太失礼了？"多米乐不好承认真相，只好说是，也显得自己很矜持。

王向东马上说："你不喜欢我这样，我以后不这样就是了。"

多米乐的心有一点点软，其实跟那种油嘴滑舌猴急上床的男人比，王向东算是个好人。但没办法她就是觉得他配不上自己，他在物质上可怜的付出也配不上他热火朝天的表达。

多米乐咬牙跟他说白了："咱俩不合适，别再互相耽误时间了吧。"

王向东有些受伤，不过他不是那种容易失态的人。他礼貌地祝她幸福，挂了。

此后，王向东再也没有打电话来。

在这件事过去三个月后的一天，介绍人跟多米乐说，她又给王向东找了个女朋友，俩人谈得可好呢，都互相见家长了。多米乐笑道："好事儿啊。"回家看着那瓶红酒，觉得碍眼，扔了又可惜，干脆去小姨家玩时带上，小姨夫是做洋酒生意的，送给他去卖钱算了。

她把木盒子"咚"一声搁到他柜台上，姨夫怔了一下，慢慢打开，他脸上聚集着吃惊。

"你在哪儿弄的？"

"一个男的给的。"

"谁呀？这么大手笔？"

多米乐被问愣住了，她大叫道："没搞错吧？这个才几十块钱。"

姨夫马上弹开，让多米乐看自己背后的酒架子。一模一样的红酒，标价三千六百元。

多米乐惊掉了下巴。

"我扫码查过……"她拿出手机要比画。

"扫码？！"姨夫哈哈大笑。他告诉多米乐，所有手机应用软件都有各自的盈利模式，有些查价软件在原装进口的酒行业里有一个潜规则，交了高额会员费的酒行就可以以正常甚至虚高标价，让消费者买得开心；没交会费的酒行，查价软件会出现离谱的低价，让消费者误以为被欺诈。

多米乐的脑袋"轰"了一声。

大家都围过来，追问是谁送的，姨夫说那个男人挺有品位。多米乐惭愧地回忆，王向东还真不是个 Low 男，交往一个多月她也没找出他什么毛病。有一次去吃西餐，店主送了餐前酒，她喝一口说是颜料兑酒精，王向东就记住了，托人给她买一瓶好酒。他有哪儿对不起她吗？完全没有啊。人送几十块钱的东西她就恼火，送几千块钱的东西她则感动，那要是送个别墅豪车，是不是马上就得跟人开房？

原来并不是别人计较，是她自己太计较，还笃信自己标尺之唯一性和正确性。

多米乐有点难受，她想起高三的那一年，初恋用废毛线给她编了个钥匙扣，丑得无以言喻，但是她欢天喜地地挂了四年。

而今，生活泥沙俱下，不知道从什么时候起，她和大多数人一样开始着急把感情折合、套现，然后全世界都成了奸商，防不胜防。这些小清新在铆着劲儿变老变精明的路上，总要有人闹些笑话吧。

太激烈的感情生活负荷不了

缺乏真情的人分手从来都是什么都不用说。

对这个世界多一句责怨都留笑柄。

何大成把车停在小萍公司不远处的拐角等她。停近了怕她公司的人注意到，停远了又怕她埋怨走得远脚疼。今天小萍看起来心情不好，上车就说："我大姨妈还没来。"

好了，又要指责他不做安全措施。每次都这样，只要她大姨妈迟到两天，她就要把彼此弄疯。

爽的又不是我一个人。他心里这么想，嘴上却说，好啦，好啦，别胡思乱想，哪有这么准的？

小萍愠怒，何大成赶紧说："真有了就生下来，我都不怕，你还怕什么？"

小萍说："谁会给你生孩子？有了也必须打掉。"脸上的坚冰却融化了。

两个人都有家庭。他们之间很难说清楚是不是爱，反正冬天的时候搂一下，是暖的不是冰的；心烦的时候有人听自己说说话，而不是一开口就被呛；一起看电影、健身，觉得离鸡毛蒜皮很远，很放松。他们也不指望惊天地泣鬼神，太激烈的感情生活负荷不了。就这样，让身心在现实生活之外达成一种微妙的平衡，挺好。

何大成准备带小萍去吃牛肉丸子。小店在一个小巷子里，那简直是旮旯，车很难开。

离老远，何大成看到一个老太太，拎着一袋水果站在路中间。

何大成摁喇叭，她听不见。

他减速，再摁。

在离老太太至少有五米远时，老太太看他停了车，忽然扑过来，倒在他引擎盖下："哎哟，撞人啦——"

何大成和小萍面面相觑，碰瓷都已经拙劣成这样了？小萍想下车查看，何大成一把拽住她："不能下去，得报警。"

这时外面冲过来一群男青年，狂拍窗户："把人撞了还不下车！"

见势不妙，何大成立刻将车中控锁锁上，哇哇哗打报警电话。外面的火气越来越大，作势要掀车，眼看不曝光不可能，他迅速和小萍商量对策："警察来了怎么办？咱们是怎么碰上的？一起到这儿来干吗？"这些小细节虽然跟碰瓷无关，但总要先把口供对好，免得各自家人问起来露出破绽。

"怕什么，你不是有行车记录仪吗？"小萍说。

两人一齐愣住了。行车记录仪，他的行车记录仪是同步录音的。也就是说，如果要拿出碰瓷的证据，他们的奸情必将曝光。

何大成眼神愣愣地，伸手将车熄火。行车记录仪灭了。

小萍急急地问："咱们得在这儿等警察，等调查，说不定还得做笔录，不知道得倒腾到几点，我老公能不过问？再说，任何人知道这事肯定好奇，找什么借口不给人看？"

"任何人"首先包括车主的老婆。

而且交警调查也要看这个，万一何大成老婆非要来呢？万一警察当着他老婆的面播放呢？他还能提出把声音关了？

处处都是防不胜防的破绽。

外面的年轻人在找砖头准备砸他车窗户，何大成赶紧摁下来一条缝："有话好好说！"

几个人互相交换一下眼色。为首的一个说："我妈这肯定是骨折！"

何大成之前听说过有骨折愈后不好的人靠这个碰瓷，反正 X 光片只能拍出骨头断了也查不出是什么时候断的。

"我掏钱给老人去看病！"

"五万！"有人叫了一句。

"我刚才已经报警，我这儿还有行车记录仪。"

"两万！"对方松了口。

"谁身上有这么多现金？"何大成说，"要不是我有急事……五千块钱算了。"

"两万不能少。不是有支付宝吗，还能微信扫，或者到小春那儿去借个 POS 机。"

何大成转脸一看，旁边有一家烟酒铺子叫"小春副食"。再往后掠一眼，两排商户的主人都站在门口，悻悻地看热闹。

一种羊入狼窝感。

何大成把脸转向小萍。他需要她快速定夺，马上警察就来了。他这一眼十分意味深长。刚才他们还是共同体，但现在他们是两个人。这笔钱不仅是为了保护他自己，也是为了保护她小萍，他本能地想听听她有什么意见。如果她说，快，给他两万，他马上就给，但是小萍得领这个情。

小萍脸上是需要半个世纪才能驱散的懵懂。在急于求结果的何大成看来这是一种顶级的聪明。

没办法，最后何大成一狠心，转脸跟年轻人讨价还价："八千吧？"

"不行一分不能少！"

警察马上就会到，双方都心虚，谁敢赌谁赢。何大成输了。一万八成交，立刻支付宝转账走人。

何大成前脚油门一轰，后脚就看到警车驶进巷子。接着警察的电话打进来，他强装镇定解释一通，直冒虚汗。

何大成挂了电话看一眼小萍，她倒挺淡定的，一分钱没花，她当然不肉疼。

何大成叹了口气。

小萍忽然莫名其妙地爆发了："要是你的记录仪不会录音，非整死他们！"她把记录仪摁来摁去，"什么破记录仪，不能事先把声音洗掉吗？"她找着了格式化路径，又鼓捣着怎么把录音关上，貌似发泄了一通对歹徒的怨气，她又把矛头指向他："你没事儿干吗要带我到这地方来吃饭啊？"

见他不接话，她居然继续指责："你应该离十米远的地方就停下来的。"

竟然，听起来全部是他的错，还害得她跟着出来担惊受怕，他应该给她赔礼道歉磕头作揖才是。

这一刻何大成吃惊地发现，原来小萍有这么讨厌，也可能是因为这一万八放大了她的无耻，一万八是他两个月的工资啊。

他们逃出十八里以外，又找了一家小店，吃云吞。小萍饿了，狼吞虎咽。何大成看到她不成体统起来跟他老婆没什么两样。

何大成坐在旁边，反复研究支付宝，想让这笔钱消失得无迹可寻。确实，他还没有富裕到卡上少了一万八还能让老婆毫无察觉的地步，他平时手里的活动钱也就几千块钱而已。小萍吃饱了，看他这德行，没好气地说："别看啦，钱飞了看也看不回来。"

他说："倒不是钱的问题，而是怕我老婆查起账来露马脚。"

真奇怪，以前他从来不在她面前露怯的，此刻，露怯却带着一种报复的快意。男人当着女人的面承认自己窝囊和贫穷就像女人在男人面前承认自己放荡一样，是受伤后的带刀反扑。

果然她脱口而出："你老婆还查你的账啊？"

不管她用什么样的表情，他在这种心情下都可以理解为嘲笑。他如愿以偿地蒙羞。

"你就说借给朋友了呗。"她嗤之以鼻。

他最后的一丁点翘首以盼终于垂死过去。

以前吃完饭他们是会去温存一番的，今天没有。何大成把小萍送回家，今天和往常有点不太一样，她没有再像过去那样心照不宣地发一条看似报平安实则提醒他不要联系的微信"我到家了"。直到半夜，何大成才收到小萍的消息："谢天谢地我大姨妈来了。"何大成回："来了就好。"想了一会儿觉得不太对劲儿，冷漠怎能如此堂而皇之，他马上再补一条消息："多喝热水呀。"

竟然发现自己已经不在她的好友名单里。

就这样分手了。不需要任何解释、追讨、诘问、自证。

缺乏真情的人分手从来都是什么都不用说。对这个世界多一句责怨都留笑柄。

一见钟情的欺骗性

并不是所有的邂逅都荡气回肠、一眼万年，
可能中间有感情的涟漪，但也有一种可能，结局庸俗得无话可说。

这是登山队在乌拉山山口安营扎寨的第三天。风雪太大，无法前行。二十岁的蒋东东开始感到身体吃不消。

清晨时分，他遇见了夏尔巴人。他们是神秘的一类人，至今仍属于中国，几乎与世隔绝。他们是上山去固定登山绳索的。身强力壮的他们，基因似乎与常人有异。

蒋东东眯着眼睛看过去，大雪苍茫的山上一小串移动的影子，像花花绿绿的甲虫向他蹒跚而来。

半个小时后，他们走近了，过来跟营地的队员打招呼。

"Hi，"一个离他最近的年轻人将帽子翻到背后，笨重的手套冲蒋东东摇了摇。他吃惊地发现，长发、明亮的眼睛、黝黑的皮肤——这是他过了日喀则后看到的第一个女性！女孩儿一笑，牙齿白得雪亮。蒋东东气喘吁吁地看着她，说不出话来。她极有眼色，立刻帮他拿来氧气包。

"身体不好就回去呗。跟我们一起走。"她说，"我叫鲁普，嘎尔札鲁普。"

他原本是个坚强的大二男生，在同学们羡慕得发绿的目光中背上行囊来登珠穆朗玛峰，他可没想过要打退堂鼓。可是在这个漂亮的小黑妞面前，他溃不成军了。

太阳正暖，他们要在天黑前赶到定日。

他跟在她身后走，有莫名的快乐。她就是力量的象征，背着小山一样的登山包，还可以一边走一边说话。他觉得她踏的雪窝都比他的深，风经过她身边都吓得没那么凛冽了。

傍晚时分，一行人到了定日。蒋东东的心脏终于正常。更赞的是，手机也有了信号。此时一行人要转乘四驱的破吉普，去往定日县城协格尔。蒋东东欢天喜地地用手机上网。他要找一下关于夏尔巴人的风俗。

鲁普凑过来："你在干什么？"

"上网。"

"手机还能上网？"

蒋东东有点惊诧。原来她这么与世隔绝！他开始兴致勃勃地和鲁普聊天儿："我在A城读大学，你读过大学吗？"鲁普咧嘴一笑："我是帮登山队员固定绳索的……"优越感是快乐的东西，蒋东东开始给她讲大学的生活，讲4G网络，讲女孩儿们都崇尚的iPhone手机。鲁普瞪着她的大眼睛，她眉毛上的冰凌开始融化，满脸都是亮晶晶的雪水。真好看。

很快就到了目的地。鲁普说的最令蒋东东振奋的一句话是："晚上你愿意到我家里吃饭吗？"她说的藏语中夹杂着英语，全车人都听到了。大家沸腾一片，全部看着蒋东东笑。他不禁赧颜：真是一个奔放的民族，女孩子第一次见面就约男孩子到家里吃饭，大家还这样热闹欢腾。

鲁普住在一条热闹的小街上，她家的客房多得像宾馆，厨房也足有一百平方米。鲁普理直气壮地冲到这儿、冲到那儿，把所有的稀奇都带蒋东东看了个遍。这里有一种朴实的美，但是很落后。

有了优越感之后，蒋东东对她的喜欢理直气壮。很明显，蒋东东的日子比她先进多了。他想，如果她肯跟他走，他就永远把她带出这个落后的小镇，他将改变她的一生。呃，能够给一个喜欢的女孩子全新的生活，是一件幸福的事。

第二天早上醒来，太阳已经凉凉地升起来。蒋东东在镜子前把头发打湿，梳得极有造型，然后满院子找鲁普。这个可爱而有力气的姑娘正在和几个男人一起锯木头，她的脸黑红黑红的，一看到他就笑。几个男人叽里咕噜说着他听不太懂的藏语，然后一个男人大声用汉语问他："别回去了，就留下来吧？"鲁普立刻大笑着推了他一下，一群人爽朗的笑声豪迈极了。

蒋东东想，到了窗户纸要点破的时候了，他要向她表白。再过三天他就要回学校，他想把这三天都留给美丽的鲁普，然后带她走。

他站在边上等啊等，鲁普和男人们终于锯完了小山一样的木头。蒋东东跟着她往回走，他鼓起勇气问："藏语'我喜欢你'怎么说？"

"啊却拉噶。"

蒋东东学了一遍："啊却拉噶。"然后他用很大的声音叫她："嘎尔札鲁普？"

"啊却拉噶！"他说。

鲁普一怔，眯起眼睛笑了。蒋东东好紧张好紧张，又要去吸氧。鲁普把氧气袋拿给他："就你这样的体质还登山呢！"蒋东东羞愧地说："我到西藏来只用过两次氧气袋，第一次是因为看到了你，第二次是因为等待你回答我。"

鲁普始终未置可否。她有什么顾虑吗？蒋东东不知道。

晚上蒋东东和鲁普一家人坐在一起吃饭。全家人只有鲁普一人懂英语和汉语，所以他们可以肆无忌惮地说话。蒋东东问她："你愿意跟我走吗？"

鲁普很奇怪："这就是你喜欢我的方式？"

蒋东东疑惑了。是啊，如果她肯去，他要向家里要两倍的生活费，还要为她租房子。这难道不是一个男孩子对一个女孩子的付出吗？他带给她最现代的生活，这样不好吗？他告诉她："大城市里有可以调温度的马桶，洗手液和自来水都是一伸手就会出来。星期天我可以带你去最好的电影院看 3D 电影，傍晚坐在音乐喷泉边聊天。你会发现，世界好大。"

鲁普低下头，很小口地喝羊奶。

他充满了期待地补充："你连麦当劳都没有吃过，等你老了你会很遗憾。"他目不转睛地看着她，有一丁点的失望。因为他原以为带一个这样的女孩儿走，于她而言应是恩同再造。原来，好像不是。他已经等不及她回答了，他追问她："你为什么犹豫？"

鲁普终于小声说："我以为喜欢我的人，会为我留下来。"

她告诉他，夏尔巴人的血液中血红蛋白浓度高于常人，所以他们能抗低氧。他们像高原牦牛一样适应了这里的低气压，他们的心脏和肺都是为高原而律动。他们若去沿海城市会很难受，就像在海边长大的他忽然来到西藏一样，每一次呼吸都艰难。他们要用很多年、很多年去适应。

那么，谁会为了这次的一见钟情而选择每一次呼吸都艰辛的爱情？她以为是他，他以为是她。

鲁普说："我的理想是做一名最好的登山队绳索工，把每一截绳索都固定好，每一寸都不打滑。看着它们在最陡峭的山崖上蜿蜒过去，我就觉得这是我存在的意义。为什么你想把你的理想强加给我？"

在美丽的鲁普眼睛里，定日就是天堂。这里有苍茫雪山，这里有无污染的牛奶，有最蓝的天和最绿的草。她忧伤地侧过脸来问他："那么你呢？你愿意留下来吗？"

当然不会。

蒋东东去收拾东西，准备打道回营队。鲁普站在门口，淡淡地说："一百五十元。"

"什么？"蒋东东有点疑惑。鲁普说："我们家是旅馆。这一条街都是。"她指了指门上的一块牌子。他竟然没有注意到，一大堆藏语后面还有几个汉字："住宿，50 元 / 晚。"

　　并不是所有的邂逅都荡气回肠、一眼万年，可能中间有感情的涟漪，但也有一种可能，结局庸俗得无话可说。

弱的人超级危险

原来真正的爱情永远只在平等的心灵之间碰撞。
那些因为缺乏安全感而喜欢凌驾于男性之上的女人，
那些因为得到爱情而有恃无恐的女人，从来没有意识到，如果你的那个
人懦弱得出奇，可能隐藏着深不见底的凶险。

余薇谈过八次恋爱，相过无数次亲。

三十岁了，男欢女爱在她眼里就那么点事儿，权衡利弊
而已。现在她余生的梦想就是找个老实男人结婚。

还真让她碰到了。

那天她在小巷子里开车被追尾。肇事男下车，有点天然
呆。看样子他吓得不轻，他看着她，等她发话。

余薇不是讹人的主儿，价格差不多够补漆就可以。男人
竟然说："你说吧，我也不太懂这个。"余薇提五百，男人长
嘘了一口气，掏钱给她，看得出心怀感激。之后他多看了她

几眼，目光在镜片后面像头小鹿，跳跃闪躲。

一个三十岁的女人，如果还读不懂这里面的好感，那么多亲是白相了。

于是她逗他："留个联系方式吧，万一五百块不够修车呢？"

男人飞快地掏了名片给她。

余薇一个人开车回家，在等红灯的时候把他的名片拿出来看，是一家大型酒店的财务主管。明亮的阳光穿过车窗洒在他的名字上，"陶树"两个字熠熠生辉。

第二天余薇打电话给陶树："五百块还真不够修车。"陶树略一沉吟："你在哪儿修？"余薇报了一家自助餐厅的名字，陶树在电话里笑了。

陶树出现在餐厅里，带来一阵风。清朗的，但是不够自信；热烈的，又不具备攻击性。如果人跟人之间真的有能量场，余薇一下子就喜欢上了这个人。不不不，不是他的灵魂，而是喜欢上她能一下子镇住他的、给她足够安全感和自信心的那种感觉。

就这样，他俩好上了。找个"经济适用男"是她的梦想。真是心想事成。

陶树有现成的房子，装修好了，没买电器。余薇二话不说买来电器把家填满。小日子有滋有味地过起来。两人去吃饭,陶树决不点菜。那不是一种绅士,是他不喜欢做主。两人看电影,陶树从来不挑片儿,因为他对看电影没什么兴趣。陪着她、服从她、放纵她,是他们铁打的纪律。

多么适合结婚的暖男哪!

春末的一天深夜,余薇加班回来,看到陶树正蹲在卫生间刷她的球鞋。他坐在一个小方凳上,仰脸看了她一会儿,眼睛里有小小的羞涩和闪躲。

忽然他说:"薇啊,咱们结婚吧?"

余薇特别容易被这种谦卑和朴实的感情打动。她俯身亲他一下,感到他在微微颤抖。

余薇开始甜蜜地和他商量领证的日期、婚礼的细节。

半个月后,温暖的下午,余薇意外接到公安局的电话。他们要带陶树回去问话,陶树不见了!

余薇赶紧打他的电话,真的关机。找他所有的朋友,全都没见到他。余薇进公安分局去接受询问,她所听到的故事,就像天方夜谭——

两个月前,就是余微和陶树的感情刚刚进入稳定期的时候,陶树有了一个情人,是一家棋牌室的老板娘。据陶树第一次做笔录时交代，有天他和几个同学夜里打麻将，夜很深，她还在身边加茶水。他对她有了印象。

女人很懂照顾人，但一直被丈夫冷落。有天晚上陶树打完牌在她店里叫了简餐，两人都喝了些酒，发生了关系。女人知道余薇的存在，她很懂事。所以余薇连一丁点蛛丝马迹都没有发现。

半个月前的一天，他们去一家宾馆开房间。女人洗完澡，光着脚从卫生间跑出来，去拔手机充电器时忽然被电击，当时昏倒在地。陶树一看吓得不清。

然后陶树做了一件会令所有人目瞪口呆的事情。他竟然，跑了！跑了！

他说他看到她被电得一阵抽搐，而且她当时光着身子。他太怕了，他从来没见过这种阵势，他也无法想象自己失去女朋友、被同事知道他和一个已婚妇女偷情、父母从此抬不起头、一辈子都被毁掉，有多可怕。他在蒙了一瞬间之后，迅速地，在监控摄像头下面冲出宾馆。

第二天早上，女人被服务员发现，死了。

余薇明明还记得那天他蹲在卫生间帮她刷鞋时，抬起的亮晶晶的眼睛，和微微颤抖的身体。

后来，公安部门轻易地查到了陶树，带他去问话。他全部如实供述。偷情不犯法，他被放了回来。

再然后，女人的丈夫和父母怀疑死因，要求做尸检。结果她的死亡时间是在陶树离开之后两小时。也就是说，如果他及时打电话施救，女人不会死。

就在这一天上午，女人的丈夫找到陶树，一顿暴打。然后警方准备重新调查，陶树不见了。

余薇从公安分局走出来的时候，腿抖得站不住。烈日炎炎，她靠在大树上喘息，只觉阴风阵阵，汗毛全部竖起。

曾经那些相处的细节，就像倒带一样在她脑海里浮现。她说，要有光，陶树立刻把烟花噼里啪啦炸起来；她说，要有水，陶树立马把冰红茶端上来。他尊称余薇为领导，她往哪儿领，他往哪儿倒。他是一个特别没主意的人，家里大事小事都是她说了算。余薇很是嘚瑟过一阵子。她说，好丈夫的标准是什么？经济条件不差又顾家，而且我能拿得住他。话说每个男人都有一颗出轨的心，但是陶树敢吗？

余薇万万没想到的是，他敢，他只不过是不敢被发现。

余薇用力地回忆曾经的自己，到底是用什么来评判一个男人可不可靠。软弱？无力？可控？原来表面的可控并不等于可靠。

余薇一个人回陶树家收拾东西，准备搬离。她拖着大行李箱等电梯时，陶树忽然从安全出口的楼道里，像鬼一样冒了出来。

"余薇！你别走……我只剩下你了！"他虚弱地哀求她，"我想死又没勇气……"

余薇一下子跳起来。在身体里横冲直撞的恶气此刻火山爆发。她上前踹他、撕他、打他。她太怒了，世界上居然有这样的人渣，她都有些同情那个女人，简直死不瞑目啊。关键是这样的人还挺有女人缘，缺乏安全感的女人实在窝囊，看看，喜欢的都是什么样的人！

早上才被一顿暴打的陶树又被打了一顿，他蹲在地上凄凄哀哀地哭。

余薇出了气，眼底也泛起泪光，默默生出些许同情。这大半年来，毕竟还是有感情的。她把他拖进家，开始商量后面的事。

首先，见死不救不犯法。陶树不会受刑责。所以他必须积极配合警方，越躲越糟糕。

其次，女人已经死了，他应该主动给予一定的经济赔偿，得到受害人的谅解，并配合他们起诉手机厂家、宾馆，最好双方和解，不要打数年官司闹得尽人皆知。

陶树痛哭流涕："薇薇，我不能没有你。就算我做错了事，这个世界上我仍然最爱你……"

然后陶树主动奔公安局去了。

不知道为什么，那一瞬间她忽然没有那么恨他了。强势的女人，容易在强烈的被需要和被认可中，母性情怀爆棚。

余薇难过而悲壮地收拾了东西回娘家。她想自己先冷冷，再谈分手的财产分割。那些家具家电用掉了她所有积蓄，总不能搬回家来，等他过了难关再算账吧。

陶树在余薇的指点下，慢慢把事情理清了头绪。他开始鼓起勇气面对外界的质疑和议论，然后辞了职，全心全意和死者家属沟通。最后陶树父母拿了四十万出来私了。这事终于在最短的时间内得到解决。

陶树对余薇感恩戴德。

余薇从震惊和耻辱中艰难地走了出来。有时她会想，她不可能跟这个人走到一起了，但是他一辈子都会记得，谁陪他走过了最艰难的人生，也不错啊，全当自己高风亮节吧。

半年后余薇遇到了新男人。两人的感情关系相对平等。有时候男人得理不饶人，余薇也会不开心。但面对面大吵一架，倒也淋漓尽致，感情反而更好了。相爱一年，开始谈婚论嫁，要一起买房装修。余薇打电话给陶树，想和他商量把之前她买给他的全部家具拿到二手市场卖掉。他也要过新生活，不能家里还用着她花几万块钱买来的冰箱彩电吧？结果电话打不通。

余薇很纳闷，夜里跑到陶树家去找他。出来一个眉清目秀的姑娘和一个帅气的小伙儿。女孩说："房子是我老公上个月才买的啊。因为家电家具都挺贵的，我们多给了三万块呢。"

余薇怔在那儿，有好一会儿，她有点反应不过来。自己喜欢过的男人是有多么差，才能干出来这么恶心的事儿啊！她觉得如果她不把这件事写成回忆录留给子子孙孙，简直对不起自己传奇的人生啊。

余薇问："你跟陶树熟吗？有他现在的联系方式吗？"

"不熟，就买房子见过两三次面，觉得他人挺好的，挺老实的。"

余薇笑笑，乘电梯，下楼。

老实到底是个什么概念？表面看起来，是善良，是轴，是软弱，是可靠。深层挖掘，是懦弱，是胆小，是没担当，是心理弱暴了，是受到欺负不还击但酝酿着更深的丑恶回报给其他人。陶树的整个生活被孱弱填满，一个人因为无能而被命运剥夺了强势地位，在日后的岁月里，他会用极端的方式补偿自己。

　　余薇下楼后最后一次返身看那个曾给了她很多幸福和得意的窗口，好像看到曾经活在迷雾里的自己，然后做永远的诀别。原来真正的爱情永远只在平等的心灵之间碰撞。那些因为缺乏安全感而喜欢凌驾于男性之上的女人，那些因为得到爱情而有恃无恐的女人，从来没有意识到，如果你的那个人懦弱得出奇，可能隐藏着深不见底的凶险。

你好，背叛者

在伤害中，放下即自由，
她不会再把时间牺牲给任何不美好的人。

　　单灵上班闲着无聊，在手机上翻她和马刀的床照，胜男
忽然像鬼一样冒出来："干吗呢？"

　　单灵赶紧藏手机，胜男嘻嘻哈哈去抢，手机掉地上了，
一张还算雅观、没有露点的亲密合影躺在那儿。

　　"啊？"胜男说，"这男的我认识！"

　　"同行。"

"你知道吗！他也在追我！"

这下轮到单灵惊掉了下巴。

胜男把手机掏出来，给单灵看马刀发给她的微信"宝宝吃饭了吗？""宝宝睡了吗？""宝宝你今天这件衣服很性感"……单灵五雷轰顶。

这时有人进办公室来，胜男把单灵叫到走廊上去。

"太不要脸了，"胜男气得脸都白了，问单灵："你们已经上床了？"

这不是明知故问吗。单灵反问她："你们呢？"

胜男脸红一阵白一阵，看来也是上床了。

单灵要马上打电话质问马刀。胜男摁下她："算了算了，还有什么撕头，就当不小心踩了狗屎吧。以后咱都别理他了。"

马刀发消息来，单灵不理，他又打电话，单灵吼他："你还有脸给我打电话？"几次碰壁，马刀那边断了音信。

还好只是同行，不是同事，不然天天见面，该多尴尬。

八月份单灵出差一趟，回来时她先到单位去拿东西，正赶上下班，忽然看到马刀的车停在门口。

他来干吗？找她吗？

拖着行李箱的单灵四下一找，马刀杵在大厅里。

"出差了呀。"他挠挠头，打招呼，并没有过来帮她拖行李箱。

单灵白他一眼，去摁电梯，以为他会追上来。

但他并没有。

电梯到了，人们像鸟一样四处散开，胜男夹在里面，一眼看到单灵，她什么话也没说，径直朝马刀走去，两人一起出门。

原来他是来接胜男的。

电梯门又合上了，单灵还没反应过来。

"上不上？"里面的人又摁开电梯。

单灵懵懵地上了电梯。气愤，羞耻，不解。胜男通过叛变赢得了这场战争。凭什么？如果真来硬的，让马刀在两人中间选，她不相信马刀会选胜男。胜男长相不如她，年轻不如她，无非有股狐媚气，懂得尔虞我诈……马刀跟她是玩玩还是来真的？应该是来真的吧？都大摇大摆到单位来接她了，以前他可没有这么公开地来接过她单灵，都是偷偷在街角等……

脑子里一团乱麻。

第二天在公司里碰到了，单灵不说话，胜男也不说话。

中午单灵收到马刀的短信："一起吃个饭吧。"

她把他微信删了，手机号也删了，但还是认得这串数字。她本来准备回复"滚"，想了想，回复："你哪位？"

马刀说："灵灵，有些事情想跟你解释清楚。"

单灵很想听他解释，因为她不相信，自己会输。

可是如果去了，算是什么性质？不跟那个不要脸的叛徒是一样的吗？而且她很怕自己会被说动。他是她第一个爱上的人。

心里猫抓一样过了一下午，单灵还是决定去听他的解释。

和以前一样，他把车停在她们公司不远的拐角处等她。

单灵板着脸上车，把车门关得山响。马刀急急地看她："你知道我跟她是怎么认识的吗？"

"关我什么事。"

"上个月我妈住院，她妈是我妈的主治医生，她去找她妈的时候我觉得眼熟，一聊才知道是同行。"

"就这样？"

"然后她就对我表达了……好感。"

"如果你不接受呢？你不接受她妈就会把剪刀落到你妈肚子里吗？"单灵以前并不知道，女人不被爱以后会变得如此刻薄。

　　"我当时就是一种讨好吧⋯⋯她妈在医院权力挺大的，给我们从走廊上调到了单间病房。"

　　"你在卖肉的时候为什么不害怕穿帮？"

　　马刀说："我一开始就跟她讲了咱俩的事。"

　　单灵怔住了。她想起那段时间胜男过分的热络，好像一直在找机会和她说什么。

　　"她既然知道为什么还这样？"

　　"她说她给我时间，去发现谁更合适。"

　　单灵转过脸来看着他，等他的结果。那现在谁更合适？

　　"我不能⋯⋯我妈病一好，就把她甩了⋯⋯"

　　"挺负责任的。"单灵大叫起来，"停车！我要下车！"

　　马刀没打算停，单灵自己去摁中控锁，半道上要跳车。马刀吓得一个急刹，单灵不管不顾地冲了下去。

　　她在车流里乱跑，眼泪哗哗流了一脸。

　　现在知道了胜男是个贱人，单灵哭过一场后心里稍稍好过了那么一点点。以前她觉得渣男应该受到惩处，现在她觉得绿茶婊才应该遭雷劈。

看胜男在公司里笑靥如花来来去去，单灵极不甘心。

过了半个月，单灵到马刀公司去送材料，对接的双方要传图，马刀提议再把微信加回来。

单灵明明可以不跟他对接，但她鬼使神差地答应了。

她隐隐想证明一些什么，给胜男看看。

男人都是经不起诱惑的，你真以为你把他完全抢走了吗，不，他贼心未死。

单灵离开后，马刀先发微信来："你还好吗？"

"很不好。"

马刀打了个拥抱："你要好好的。"他说。

"我会坚强。"她说。

"是我不好。"

"不，我不恨你，我知道你不是个坏人。"

一来二去，两人又聊上了，带着一分小心、两分忧伤、三分明明很相爱却不能在一起的假象。

无限伤感地聊了几天，热络起来。一天单灵加班后回家，已是半夜，她故意微信问他："你上次那个喷剂是在哪儿买的？"
单灵有湿疹，有一次马刀来接她时给她带过一瓶喷剂，挺普通的药，任何药房都买得到。她这么问，只是勾引他关心。

果然马刀问要不要给她送过来。

单灵假装说："这样不好吧？你还有人要照顾。"

马刀这会儿倒大男子主义开了："你别管了。"

半个小时后，马刀过来，要请单灵吃宵夜。

单灵站在楼下犹豫："胜男那边你怎么交代？"

"我让老黄帮我撒谎。"

老黄，单灵知道这个人，是马刀的同事。以前老黄也帮他撒过谎，是对她，为了让马刀顺利去和胜男偷情。

单灵心里硌硬了一下，故作平静地说："那好吧。"

单灵说不上来自己是因为还留恋他，还是因为想和胜男斗一斗，或者两种心思皆有，现在，她在一点一点靠近赢——马刀过马路时揽她的肩，马刀说对她很内疚，他还记得她包里有一个装卫生巾的小布袋子不见了，他有一次在小店里看到一模一样的，很想买下来给她……他问她哪儿的湿疹复发了，要现在给她喷药，他把药从手提包里拿出来时，药店给的塑料袋里面，还有一盒两片装的安全套。马刀赶紧把套抖进包里。

单灵笑了，他有备而来，只要她愿意，今晚就可以和他滚床单，然后把这货的裸照甩给胜男看。

可是，此时此刻，看着这个曾经心仪的男孩儿，她的心却一点一滴冷下来。

要那样下作吗？以一种下作对待另一种下作吗？

更难过的是，她爱过的竟然是这样随便和放肆的一个人。

现在这样的关系，她若是不拒绝，就是心甘情愿的小三。他置她于何地？

单灵强忍住眼泪，心口堵得几乎透不过气。

吃完饭，马刀要送单灵上楼。到了楼上，单灵开门，马刀不走。他靠着墙，一副全天下女人都是我的菜的模样。

单灵曾经那么想赢的心，冷冰冰的。

"你走吧。胜男还在你家里。"

"我跟她其实不是很合适……"

"那明天我们三个就坐在一起把话说明白？"

马刀说："她那么凶，心眼儿又多，我怕她伤害你，最好还是我一个人处理。"

单灵笑笑，钥匙已经拧到位，锁也"咔"一声打开，但她不推门，她的手停在那儿："你走吧。"

"灵灵……"

"你不走,我就不进去。"她低下头,没有再看他的脸。

马刀又站了一会儿:"灵灵,我是爱你的……"

单灵打断他:"快走,我累了。"声音很大,也很笃定。

马刀自讨没趣道:"那你好好休息。"

单灵慢慢进门,放下包,脱掉外套,没有开灯。她在昏暗的房间里像瞎子一样摸索着坐下来,然后号啕大哭。分手后这是哭得最痛彻心扉的一次。她真的放下了,成长大抵都是这样,认识他人,认识自己,认识世界,然后原谅。她要先原谅自己的粗心、轻信、倔强、不甘,再原谅他人的贪婪、无耻、背信弃义。这很难,但最终必须要与生活达成和解。

哭了一夜,第二天早上单灵上班,在电梯里遇到胜男。

"你好。"她不卑不亢地打招呼道。

胜男尴尬了一下,也迅速调整自己,回道:"你好。"

像什么都没有发生。单灵也毫不关心他们的结局。并且此生,她再也不会去和下流招数争高低输赢。在伤害中,放下即自由,她不会再把时间牺牲给任何不美好的人。

"我觉得你是个好女人"
"滚"

扔掉的全部都不怨恨，付出的全部都不可惜，
纵然受尽委屈也能独自走向宽阔。

第三次发现宋大庄外遇后，肖颜毅然决然地提出离婚。他的出轨对象已经从漂亮的女实习生延伸到又胖又丑又凶悍的麻将馆女老板，肖颜实在不能忍。

那是 2005 年。两岁的儿子和房子一起归肖颜，宋大庄要支付孩子每月一千元钱的生活费，并担负孩子将来一半的教育费用。

宋大庄有个亲戚在深圳做手机生意，离婚后他无家可归，前去投奔。肖颜在离婚前已经做好了一切都自食其力的准备，可是他走后第一个星期她就懵了。儿子查出急性肺炎，她一只手抱孩子一只手拎着各种病例、化验结果、X光片，去给孩子办住院手续。打电话找宋大庄要钱，他问："能缓缓不？我刚到深圳，钱都交房租了。"肖颜只好跟她姐借了三千块钱把住院费交上，还千叮万嘱不要告诉她妈，免得老人操心。半夜孩子终于退烧，呼哧呼哧地睡了，肖颜蜷在他旁边，眼泪没法停。

为了更好地照顾孩子，她怀孕就辞职了，现在仅靠做护肤品分销赚一点点钱。日子很难，这才是个头儿，以后还会更难。

宋大庄承诺的生活费一直拖拖拉拉，一年能给得上半年她就要谢天谢地。为了这几千块钱打官司？似乎又不值得费那个精力。

儿子三岁去上幼儿园，宋大庄在电话里说："这么小他能学到什么？到幼儿园也是老师领着玩，你在家闲着也是闲着。"肖颜听出来他不舍得出那一半学费，在他眼里她是一个只值一千块钱的保姆，甚至连一千块钱他都付不起，还理直气壮。

吵了一架，宋大庄做出让步，最后他说："我也很难。"

肖颜把"难你还有钱找女人"这句话硬生生地从喉咙里咽下去。她需要他尽可能地完成他的义务，她就不能一点儿不留情面地谩骂。

以前天真地以为离婚是解脱，再也不用受气。原来不是的，只要你还有求于他，若是他不讲理，你总是还要受气。

宋大庄回来，要见孩子。肖颜不想把两人之间的恨加到孩子身上，她从来没有跟儿子说过宋大庄半句不是。于是尽量笑吟吟地把孩子带出来，宋大庄见到儿子，一句"哎哟我的儿"就把他扛到肩膀上跑了，父子俩没有一点儿芥蒂。

晚上孩子回来，买的衣服、玩具拎都拎不动。宋大庄平时付不起生活费，跟孩子在一起倒是大方，这一下子就花了几千块。

肖颜明显感觉到儿子有变化。他三岁半，开始有小心思了。睡觉前肖颜说他："玩完了积木自己收起来好不好？"他不收，肖颜要跟他一起收，还是不肯，眼睛盯在 iPad 上一眨不眨。肖颜火了，伸手将 iPad 关上，儿子哇哇大哭："我要去找我爸爸！"

"我要去找我爸爸！"成了他的口头禅。

肖颜强忍着不把"你爸爸就是个畜生"吼出来。她耐心地告诉孩子，爸爸很爱你，妈妈也很爱你呀。

孩子一点儿都不领情，斗米恩，升米仇。

宋大庄每半年回来一次。每次他来，肖颜都既痛苦又纠结。一方面她觉得孩子太可怜，缺乏父爱，她希望宋大庄能多给他一点儿，所以她看到儿子高兴成那样，她也高兴；另一方面，宋大庄一回来就把孩子的心整个拉拢到他那一边，宋大庄一走孩子就变了个人似的，经常出言不逊把肖颜气得发抖。

好不容易熬到儿子上小学，想进重点学校进不去。肖颜去托关系找人，每天一见到那个能从中间牵线的人，都要把脸笑烂。礼品、现金、好酒好烟，她拿出全部家底去求爷爷告奶奶，做梦都在跟人磕头。

终于搞定了。

宋大庄在电话里说："谁叫你非要把他弄进那所学校，小区对面的小学不能上吗？"

肖颜说："我花的钱，不要你负担。"

他这才噤声。

肖颜玩命地赚了两年钱，升了代理，第三年就不行了，孩子要培优。每天晚上放学，她要骑个电瓶车，把孩子从这个兴趣班接到那个培优点，风雨无阻，回家还要辅导他写两个小时的作业。

每一个妈妈，都是一部血泪史，更不要说单亲妈妈。

肖颜心里也渴望重新组织个家庭，但目前的情况已经殚精竭虑，怎么还有精力照顾别的男人甚至别的男人的孩子？她缺乏讨好别人的力量，也知道以自己的硬件软件，找不到一个既能在经济上帮她还能让她不用仰其鼻息的人。

想想就算了，她就像一棵老树，心里已结不出甜蜜的果实。

前年冬天，宋大庄回来要把孩子接到他妈那里过年。孩子很高兴，回来时容光焕发。

晚上儿子要给肖颜看他自己组装的汽车，他谈得正兴起，肖颜 QQ 上来了消息，有人想加代理，她就去和客户聊两句。回过头，儿子已经把汽车收起来了。

"拿给我看看呀，我还没看明白呢。"肖颜满怀歉意地说。

"我要写作业了。"儿子冷冰冰的。他的表情告诉她：我爸爸在这种时候绝不会去干别的，一定会耐心地听我讲完。

但是他爸爸一年只不过陪他一周啊。

肖颜在极力伪装热情，心里的恼恨却根本压不下去。儿子还告诉她："我奶奶说要是新《婚姻法》早点出，也不会让你白捡一套房子。"

肖颜拼命眨眼睛，想把眼泪眨回去，或者至少给泪腺打个岔。她太恨了，又不能影响孩子，这有多难啊。这些年来，她一直努力着，成为想象中的女强人，在外面狠肠铁腕打拼，在家里把全部的爱和柔情都给孩子，教他不怨恨、不刻薄，积极、阳光、向上。太难，她常常感到只剩一根丝线顶着她没有垮。

转眼孩子要升高中，肖颜打电话和宋大庄商量，孩子成绩不是很好，肯定是考不进重点，要不要读私校？读私校的话费用特别高，要做卖房子的打算。

宋大庄说她自己拿主意就好，语气里有千年难遇的愧意。

然后肖颜把她和宋大庄的对话告诉儿子，想听听他的意见。

儿子忽然说："妈，我们班有个女孩儿的父母离婚以后，她爸只要不给钱，她妈就不让她见她爸。你为什么让我见我爸？"

孩子长大了。肖颜忽然意识到，作为一个离婚女人，虽然不能去诋毁，但也不能一味地保护父亲的形象，任何一种刻意都是在给孩子伪饰。她应该让他认识到真实、残酷的生活。于是她把这些年想跟他说的话都说了：他父亲出轨，拖欠生活费，耍小聪明想少支付学费，但是他是真的爱孩子，他只是自私吧，想少出点钱，多获得爱。

说的过程她竟然很平静，没有想象中吐沫横飞、咬牙切齿。她说很对不起他，因为当初和他父亲的仓促结合，导致他两岁就要面对残缺的家庭，所以她也只能尽最大能力给他健全的爱，她不知道自己做得好不好，但是她尽力了。

儿子沉默了一会儿说："妈，虽然你特别特别平凡，但是你很棒。"

肖颜一下子泪崩。

放寒假，宋大庄说想带儿子去海边玩，约肖颜一起。肖颜不大想去，开一间房太奇怪，开两间房对孩子来说又显得三个人在一起是惺惺作态。

宋大庄说房间已经开好，是个套房，肖颜一个人睡一间。

她犹豫了一下答应了。

半辈子都在勤勤恳恳，肖颜这还是第一次见到真正的大海。她兴奋地跑到沙滩上，伸出胳膊用外套兜住风，朝儿子喊："好美啊——"

儿子给她拍照，真是个暖心的小情人。

宋大庄穿个裤衩在海里游泳，不时看看母子二人，看得出他的每个表情都是满足和不舍。

晚上吃完海鲜烧烤，宋大庄蹭到肖颜房间里，说知道她一直都没有找对象。

肖颜问："那又怎样？"

他说他也没找对象。

肖颜说："碰到合适的，就找呀，难道你还想孤独终老吗？"

宋大庄说她把孩子教育得很好，这些年来，感觉到她是个不错的女人。

肖颜说："我也觉得我能碰到个好人。"

宋大庄一把将她扳过来："你听不懂我在说什么吗？"

肖颜笑了。她做的每一个选择都不是为了惩罚谁，而是为了解决问题。离婚是这样，不愿复婚也是这样。现在她没有任何问题需要解决，最苦最难的岁月已经把她锤炼得无坚不摧。再说不需要她惩罚他，生活已经在惩罚他。他的女人们相继离去，他的孩子已经理解世事艰辛，曾经最爱他的女人现在既不需要他也不恨他。他放眼望去一片孤寂，又想要一个家，但是世界上哪有家是不需要付出心血就可以白捡到的啊。

第二天他们仍然去赶海，海风很大，儿子怕肖颜冷，专门把酒店的浴巾拎出去给她披上。这是人生中最好的岁月，肖颜心想，扔掉的全部都不怨恨，付出的全部都不可惜，纵然受尽委屈也能独自走向宽阔。爱让女人多脆弱，就能让她多强大。

旧人回头，片甲不留

原来埋怨一个男人穷，将成为他一生没齿难忘的耻辱，
正如女人不可能原谅一个说她长得太丑的男人。

周锦年正在图书馆找资料，忽然接到曾双江的电话。手机铃声非常响，令旁边的人都皱了皱眉头。周锦年有些窘迫，拿着电话轻手轻脚地走了出去。

曾双江说："明天中午有空吗？我要回一趟武汉，想请你吃饭。"

周锦年犹豫了一下，应下来。

周锦年与曾双江分手，已经三年有余。这三年里，周锦年辗转地寻找条件更好的男友，却一直未能如愿。曾双江出身农村，当年与他分手，是因为他们住在一起，而他交不起

房租。周锦年想我不是一个爱钱的人，但是我无法爱上一个穷人。当年的周锦年，看着他每天穿着假名牌，穿破洞的袜子，跟房东低声下气地乞求宽限几日时，她觉得悲哀。他不再是一个顶天立地的男人，他让周锦年在绝望之中对自己坚守这段感情的意义产生了怀疑。分手后，他一气之下离开武汉，去了荆州。这是他们分别后他给周锦年打的第一个电话。

不管怎么说，他们是彼此的初恋，恨意渐渐被岁月抹尽，那种信任及亲切感，还是旁人所不能及。

第二天上午 11 点，周锦年去卫生间补了口红。11 点半，又忍不住去补散粉。看着镜子里的自己面若桃花，她忍不住猜测，他结婚了吗？他有新女友了吗？他约她是何目的？继而她忐忑不安，难道她还爱着他？

快下班时，曾双江又打来电话："你公司在哪儿？我去接你。"没有细问，周锦年报了地址给他。一刻钟后，隔着大厅的落地玻璃窗，她看到一辆白色奥迪轻捷地驶过来，衣着笔挺的曾双江从车里钻出来，左顾右盼，他在找她。

周锦年有些不敢相信自己的眼睛。片刻的错愕之后，她立刻调整了自己的状态，如同一只小鸟，欢呼雀跃地奔向幸福的大门。

看到周锦年，曾双江微微一怔，然后绅士地为她拉开车门。一面开车，他一面如同老熟人一般轻松自若地问："想吃什么？"倒是周锦年，反而窘迫起来。想了想，她报了一家西餐厅。

　　在餐厅悠扬的乐声中，她得知曾双江在荆州一家饲料厂打了半年工，做到了销售经理。而后饲料厂因经营问题面临倒闭，他借了些钱果断地接下厂子，三年来，利润连滚带爬地翻了番。他已在荆州最好的地段买了房子，并为自己添置了这辆六十多万元的奥迪车。

　　当他温柔地切着牛肉，谦逊地谈着自己的发家史时，周锦年有一瞬间的错觉。眼前这个男人，如此地遥远而又陌生，再也不是她认识的他。

　　看到她的不自然，曾双江笑着问她有没有新男友。在得到了否定答案后，他很客气地说："遇到条件好的，还是嫁了吧，你是女孩子，耗不起的。"

　　女孩子一旦过了二十五岁，便是一岁年月一岁人，不再是公主。这是不容置疑的事实，周锦年早在一年前已经为此乱了阵脚。也许他是善意的，但是这种提醒从他嘴里冒出来，她还是突如其来地如鲠在喉。

　　回家的路上，周锦年一直沉默，为他这目的不明的来访，为这匪夷所思的再次相遇。

曾双江在武汉要待一周。第二天，他又约周锦年。他问："没有影响到你什么吧？我忙完了业务，好像也只能找你了。"继而补充，"只有在你这儿，我才能彻底放松。"

面对这有几分暧昧的言辞，周锦年终于畅快了一些。他们聊了一会儿彼此的家事，相谈甚欢。吃完饭，他提出去咖啡厅小坐一会儿。

像是又开始恋爱，周锦年心底洋溢起小小欢喜的气泡。她小心翼翼地戳破了这些气泡，让自己尽可能平静而自然地答应。

路过双湖桥，曾双江忽然侧头看她："还记不记得你曾经在这儿刻过字？"那一瞬间，周锦年忽然忆起，四年前，他们刚刚大学毕业，曾双江在一家小公司做业务员，有一次他出差去北京，她一个人下班回家路过大桥，用石头在这里写下"自伯之东，首如飞蓬。岂无膏沐，谁适为容？"待他回来，周锦年拉他去看。风缠绵着甜蜜的呼吸。

只是，物是人非。

曾双江的目光意味深长起来。周锦年窘迫，低头，深呼吸。她越来越发现，他的出现，令她尴尬，因了他今日的风光，及她今日的困窘。她为自己过去的自以为是感到无地自容。

在咖啡厅坐了一会儿，曾双江问周锦年现在住哪儿。她告诉他地址后，他关切地问："还是租的房子？你怎么不买房子？"

周锦年忽然觉得有些气愤了，这不是明知故问吗？如果我有钱，我为什么不买？

顿了顿他说："你想买房子吗？如果钱不够，我支援你。"

周锦年的心怦然一暖。看着他诚恳的样子，她还是客气地摇了摇头。不料他却无奈地笑了："我就知道你不会接受，看来，你还是把我当作外人。"

她越发感到这种感情的走向不是她所能预料和掌控的，也再次为他的目的感到费解。他的若即若离，究竟在向她传达什么信号？

忍了又忍，周锦年还是没有问出来。

从咖啡厅出来，他提出到她家小坐。站在熙熙攘攘的街口，周锦年沉默了半晌，同意了。

她想如果他欲行不轨，她便半推半就。他若不表达，她则继续装傻。反正他们已是连对方最隐秘的地方长什么样都了如指掌，发生点什么事情，也无可厚非。

一进家门，果然曾双江忽然就拥住周锦年，开始脱衣服，自己的，她的。他动作奇快，动作泄露出他的欲望。他没有吻她，也没有说任何情话。他尽可能地节省步骤，不拐弯，不抹角，像一架久航的飞机渴望着陆。

当他进入她的身体，她忽然清醒过来：这样轻浮的事情，并不是她的作风。可是为什么，她会如此疯狂？

是的，她竟然对他还有感情。如果他不是他，而只是一个陌生男人，她无论如何也不会与其迅速上床。

清晨醒来，周锦年像一个妻子，为曾双江准备早餐。

曾双江侧着头问她："这三年来，你的感情一直是空白吗？"

那倒不是。周锦年告诉他，离开他以后，她遇到了一个男人，交往了一段时间后他离了婚，可是最后他们还是没能走到一起。她想也许她是不道德的，但是一个男人肯为你离婚，这也是一种小小的骄傲。曾双江却好像看穿了周锦年的心思，立刻挑衅道："他是为全世界的女人离婚，又不是为了你。"

这句明显带有讽刺的否定，令周锦年大为不悦。她忍了忍没有发作。端上早餐，曾双江竟然说："你早餐就吃这个？我们家有厨师，每天给我们搭配营养，鸡蛋不能多吃……"

周锦年目不转睛地看着他扬扬得意的表情，几乎要喷出怒火来。他这一次来到底是为了什么？从最开始提醒她已经不再是公主，到现在连她做的早餐都要嫌弃，也许打击她能够给他带来快乐？

早饭后，曾双江去阳台上接了一个电话，折回来时满脸歉意："我得回去了，公司还有事。"

周锦年竟然如释重负，没有任何不舍。而他，也没有再提给周锦年买房子。他们的约会，充斥了太多莫名其妙的感觉，疙疙瘩瘩到现在，早知如此，还不如不约。

她送曾双江到楼下。他钻进车里，回头忽然冲她笑了笑："谢谢你，这么多年了，我终于可以放下了。"

周锦年愣在原地。

汽车轻捷地从她眼前滑过，一路绝尘而去。周锦年的心脏像被什么攥住了一样，生疼，以至于她不得不蹲下来。

不是每一个人，都会那么幸运地见到自己最初爱过的人。在分手后，因为再也得不到，周锦年便成了他心目中一个无法拥有又不能舍弃的奢侈，成了一个高贵的影子。他们的再次相遇，令他看到真实的周锦年，三年后的周锦年。让他在冷静了三年之后，看到她的缺点，看到她老了，丑了，看到她平庸得只想嫁一个普通的男人，拥有简单的生活。而他高高在上，她以卑微的姿势，终于让他做到了不再爱她，并且鄙视自己过去爱过她。

回到家后，周锦年接到了老同学的电话。她说："曾双江要出差到武汉，问我要了你的手机号，你们联系上没？"然后说："他现在过得挺好的，通过他老婆发了家，买了房子和车，混得像上流社会的人。"

周锦年像一个被羞辱又不能示人的女子，胸堵得说不出话来。

原来埋怨一个男人穷，将成为他一生没齿难忘的耻辱，正如女人不可能原谅一个说她长得太丑的男人。如果他发达了，又回来，如果你还爱着他或者重新爱上他，他将令过去的一切，片甲不留。

条件不行感情来抵

退一万步来说，爱情只是上帝赋予我们的感情的冲动，
寂寞和荷尔蒙撒下的弥天大谎。

大家都说我是公司的"头牌"。

这年头"头牌"也成了褒义词。所谓头牌，顾名思义，
我的身高、相貌、学历、交际手腕都在同事们中间最为优越。
我做临时的法语翻译，按小时付费。带我们出去时如要陪酒、
公关、耍手段、谈合约，则价格更高。作为头牌的我，经常
要上海、北京、里昂、香港，飞来飞去。工作五年，我就已
经在北京四环有自己的房子，开着自己的标致206了。

3月，公司放年假。远在杭州的死党灵灵打电话来："到
杭州玩来吧，都三十岁了，再不来艳遇一把，人生太没希望

了！"我哈哈大笑，收拾停当飞往杭州。一出机场，就见那厮挽着她老公，旁边还毕恭毕敬地杵着另一个男人，点头哈腰迎接呢。寻思着，明摆着搞推销，还假模假式叫我来艳遇。

果然不出所料，灵灵介绍："这位是我老公的朋友钟庆元，在科研院上班……毕竟我跟我老公要上班没有时间陪你玩，怕你被冷落才叫他出来陪你玩。"拉着行李箱往前走，心想，本小姐擦车的毛巾估计都比你洗脸的毛巾贵十倍——女人到了这个年龄，又见了些世面，很难看得起一个普通男人。

一路上都磕磕绊绊的，钟庆元也大约感觉出我不喜欢他，一路无话。

吃完晚饭，三人送我回到酒店后一齐离开。我刚进房间，就收到钟庆元的短信："从你今天不屑的目光中，已经读到自己的卑微，也许半年前的一见钟情，不过是我一个人的故事。"

看了半天，牙都快酸掉了，也没看懂。打电话给灵灵，我这才恍然大悟：半年前，我跟灵灵视频聊天儿，钟庆元正在她家中做客，在她电脑上看到我，据说他一时间惊为天人。他那颗纯洁的小心灵就开始为我忧郁了。我不禁乐出声来。这人真逗。

夜里有些无聊，翻来覆去地把玩手机，实在无趣便给可爱的钟庆元回了条信息："言重了。认识你很高兴，明天见。"

谁知立刻洪水暴发，钟庆元的短信铺天盖地，肉麻到了极点。我兴致盎然地调戏他："遇到你我也真的好激动好激动。我终于知道梦里寻他千百度了。"在打这些字的时候都快吐了，我把他所有的短信都保存了下来，准备明天给灵灵看。她一准儿笑破肚子。

第二天早上醒来已是 8 点半，酒店的自助早餐截至 9 点。我头不梳脸不洗，踢着一次性拖鞋就往外跑。谁知一拉开门，就见钟庆元站在门口："我想早点见到你，又怕耽误你休息，只好在门口等。"

奴性的男人咱见过，没见过这么奴性的。我心里盘算着，也好，就这么带在身边开心度假，让他做自己的拎包的、照相的、买水的、付账的。连个赏钱都不用给，美得很。

两人到西湖逛了一整天，钟庆元当驴做马的功夫了得。只要我说，热，立马冰激凌就买过来了；我说累，立马八抬大轿就招呼过来了。我开始对这个傻男人爱不释手了。原本存手机里准备给灵灵看的笑话，也没有打算再拿出来炫耀。干吗要去丢他的丑呢，他是个实诚人。

晚上钟庆元提出送我进房间。我把钟庆元带进房间，而后拎着睡衣准备去洗澡。钟庆元却在我身后不安地问："你去洗澡？你就不怕……我非礼你吗？"

我语塞。顿了顿，我回答："不会，因为我知道你不是那种人。"他"哦"了一声，很满意这个答案，还补充："我是很老实的，你放心吧！"我哭笑不得："我相信。"却感到欲望一下子地就长出来了。

洗完澡，我们坐在床边聊天。正在此时，小灵打电话来。空气立刻就稀薄起来，无味了。我装作若无其事地和小灵聊了会儿天。挂掉电话，见钟庆元目光带火，直勾勾地看向我睡衣里的身体。刚刚稀薄下去的空气，再度又热热烈烈地燃烧起来。

他心里大约在想，不能啊不要啊，但是他的手，却迟疑着，慢慢地伸了过来……

返回北京，我和钟庆元的电话联系越发频繁。今天吃了什么，有没有想我，今天买了一双新鞋子……细枝末节堆积起来就更像是爱情了。

一天晚上下班，我一面开车，一面用蓝牙跟钟庆元煲电话粥，忽然身边一辆206CC呼啸而过。我感叹："我要有钱，立刻去换一台。"钟庆元问，那得多少钱？我随口答，二十五万吧。钟庆元又问，那你还差多少钱？我说五万，怎么，你还准备给我补上？钟庆元竟然说："好的，你这么喜欢，不够的钱，我给你补。"说着就问我的信用卡卡号。趁着等红灯，我真的把信用卡号发给了他。

绿灯亮时，我把手机放到旁边椅座上，抿嘴直乐。如果这个傻子真的打了五万元钱在我的账户上，那么我就正式地与他确定恋爱关系——哪怕他曾很令我看不起。毕竟他与我的生活格格不入，他只是一个迂腐的小科研人员，会跟我爸爸一样，在六七十岁时骑一辆破自行车穿过城市，去单位领为数不多的退休金。可是，他令人感动。

第二天上午，我收到一条手机短信，提示我信用卡上收到五万元汇款。五万元，只是我一个季度的收入，可是于钟庆元而言是一年的薪水啊。一个爱你的男人会舍得花钱，这是傻子都知道的真理。钟庆元如此大手笔，那是多么毫不犹豫的爱情！

人生本有更高的梦想。每个优秀的女人都希望能遇到一个比自己更优秀的男人，被请进高档私人会所，出国考察，有大得要命的事业，有更好的生活，可以毫不犹豫地购买游艇。这都是我接触过的生活，我有多个这样的客户，它们离我是那样近，却又不可能抓得到。我终于决定放弃那些嫁入豪门的春秋大梦了，也理解了那么多的优秀女人，她们最终没有嫁给一个与她们匹配的男人，原来是因为一个女人最需要的并不是这些，而是温暖、爱和依靠。

我打电话给灵灵，告诉她，我有可能近期去杭州，为了钟庆元。

灵灵吃惊得像在大奖过期后才找到彩票，用两百分贝的声音在电话里大叫："你怎么会跟他好上?!其实我们根本就不了解他，那天你来玩，是正巧我们一起吃饭，他无意中得知是在视频里见过的你，我们跟他开玩笑，他就跟来了。"她补充："他以前好像离过婚！你要是跟他好上了，真是鲜花插那什么上了，你就一点儿判断能力都没有吗？"

更吃惊的是我。我细想想，那天见到钟庆元，那架势也的确只是多带一个朋友出来玩玩，灵灵甚至都没有怎么谈到他过。一起吃完饭他们就一起走了，灵灵并没有刻意给我们制造暧昧。我俩在电话里由衷地感慨了一番，灵灵当即提出去彻底地调查钟庆元。

不一会儿，灵灵的电话就回了过来。钟庆元的确是离过婚，具体情况不详，只是听说有一次他前妻因为讨要母子俩每月一千元的生活费闹到了他办公室，这事闹得他名声挺不好。

我的心，一团乱麻。我挣扎："也许，他不爱他前妻了。他对我这么大方，五万块钱都汇过来。"

灵灵不屑："不爱怎么会结婚？你会跟一个你不爱的，经济条件又不是优越到打垮你的心理防线的人结婚吗？"

我一下子就冷静了下来。男人会在心底给女人订一个价值，是五万，还是一千元。我的初恋情人如今还生活在一个小镇上，已经结婚生子，每每想起他来，我的心还会五味杂陈，每每回到那小镇，我都会感觉像到了他的城市。但是如果他需要钱，我顶多会拿出一万元来接济他家用。假如这个时候有一个王子一样的男人，开着保时捷与我约会，如果他的生意需要我帮忙，我会拿出十万元去帮助他。这并不代表我就爱保时捷男更多一些，而是他们的社会地位不同，他们就具备了不同的价值。这价值便令对方的付出，有了一个标准和尺码。

我的尺码是钟庆元一年的薪水，因为我不是一个村妇。

退一万步来说，爱情只是上帝赋予我们的感情的冲动、寂寞和荷尔蒙撒下的弥天大谎。我所需要的这种冲动，还要建立在品行、情操之上，他的品德应该是在满足了这种感情的冲动之后，还能够在大难来临时紧握我的手。可是钟庆元显然不具备这样的品德。

女人有时候很傻，有时候又很通透。反应过来，钟庆元配不上我，条件不行感情来抵，也还是配不上。以我的聪明、美丽、坚韧和努力，我必须有很好的生活，哪怕已经三十岁了，也决不可一时手软，向心中向往的爱与温暖做出妥协。

第二天早上，我打电话给钟庆元，要他的银行账号，将钱退给他，也没有贸然说分手，昨夜已经想好只能慢慢淡化。提到退钱时，我说："我只是试探你。"钟庆元并没有太大的吃惊，也没有过多的推辞，他说："我可以为你付出所有的一切，因为我是用真心喜欢你。"

挂了电话，我如释重负。

我终于明白，能够得到幸福婚姻的女人，并不只是靠运气，而是她们在年轻的时候就懂得培养自己只喜欢好男人的本领。

再饥渴，
也别对这样的人下手

人穷还有得救，只要有一技之长，三十年河东三十年河西，
总有富贵风吹去的时候。心穷就没得救了。

一个粉丝说她和前男友谈恋爱半年，半年后觉得不合适
要分手，前男友百般纠缠，最后使出撒手铜：分手可以，你
把我这半年来在你身上的花费都还给我。

花费清单包括吃饭、旅游、送的礼物、开房，还有买安
全套……赤裸裸的羞辱。

女孩儿气坏了，问我该怎么办。我不好给别人建议，但
如果是我，二话不说还给他，从此让他有多远滚多远。

是的，今天的话题是不要和穷人谈恋爱。这个穷不是指
经济的穷，是心理的穷。穷人家一把破锁都看得金贵，觉得

自己这也值钱那也值钱，身子比别人贵，时间比别人贵，精力比别人贵，付出点就觉得心疼。这就是因为穷到了骨子里。

我们家大雄也不是个富贵人，我为什么会喜欢他？我记得谈恋爱的时候，有一天他哥神神叨叨地说把一台数码相机要回来了，我一问，才知道大雄前面谈了个女朋友，谈了几个月，女方不想继续了，那女孩儿年龄大，觉得耽误了自己几个月，心里挺不平衡的，就找大雄"借"钱。当时他一共只有一万七千块钱，全部给了她。两人在一起时大雄买了一台数码相机，女孩儿也拿走了不还。大雄觉得没啥，他哥气不过，自己跑去把相机要了回来。没过多久手机的像素就超过了数码相机，那台破相机在家里一次也没用过，我给扔了。

我妹妹说，你看他对前女友那么大方，你怎么不吃醋。我吃什么醋，我觉得他做得对，是条汉子。反而他哥挺没出息的，一台破相机还要回来干吗。

我也遇到过分手找我要钱的男人，可能因为我在感情里很强势，男人在相处过程中一直觉得憋屈，又被甩了，怎么都转不过这个弯来，于是要点钱心里能舒坦点儿。给给给，只要给得起全部给。我要分手，一万头牛都拉不回来，除了人，你要啥我给啥。

不知道他是觉得心理平衡了，还是觉得受到了更大的羞辱。反正我也不关心了。

　　谈恋爱要找敞亮、慷慨的人。本来生活已经够鸡毛蒜皮，碰到个斤斤计较、自我评价过高的人，那就更没时间享受，全扯皮去了——你的时间是时间，别人的时间就不是时间吗？饭是一个人吃的吗？你的东西都那么宝贵，你去献给别人好了，一桩好好的恋情，被抠抠搜搜的人弄得乌烟瘴气。

　　我爱的人，必须是干啥都心甘情愿，无论给东西还是收东西，都高高兴兴。给的时候要高兴，你看我给你东西你很爽地收了，我要给范冰冰她肯定给扔了，我有被接纳的高兴；收东西的时候也高兴，你看你还给我东西，怎么不给别人，你是爱我的，作为男子汉我各方面都得到了肯定，还是高兴。

　　"秋后算账"的本质不光是穷，还有付出的时候就算计好了收获。比如他今天陪你吃饭、给你买花、说了几句好听话，其实他已经算计好了想要一个什么结果：想上床，或者是其他的，他对你这么好你能不能改掉某个让他不爽的毛病，他都付出这么多了你能不能考虑结婚……达不到目的，就翻脸，就心疼自己前面那些付出。穷人最会心疼自己的付出了，以后付出的时候就讲好条件行吗？

　　付出是要讲究快乐的，不是要求对方感恩的。别试图用"奉献"去控制，因为很有可能两个人对"奉献"的衡量标准不一。你觉得你给的是你的命，别人觉得什么都不是，最后大好时光都用来撕逼，硬把爱情变成耻辱。

心穷的人怎么分辨呢？他们很看重自己的东西；对世界不满，习惯性抱怨；很少说"无所谓"，看重结果；送了东西马上就暗示自己的要求；绝不吃亏，不肯吃亏还表现在，即便是弱者，赢不了钱赢不了尊重赢不了感情，那就在背后说别人坏话，他们有的是力气和时间，站在他自己的角度上把别人攻击成一堆狗屎。

人穷还有得救，只要有一技之长，三十年河东三十年河西，总有富贵风吹去的时候。心穷就没得救了，跟心穷的人过日子，每天唧唧歪歪鸡零狗碎，除了同样心穷的人能跟他们闹得热火朝天，我看洋洋洒洒大大咧咧的人就别去掺和了。